LA MEUTE
OPALE

© 2021, Stéphanie Caron
Édition : BoD – Books on Demand,
12/14 rond-point des Champs-Élysées, 75008 Paris
Impression : BoD – Books on Demand, Norderstedt,
Allemagne

ISBN : 9782322268375

Dépôt légal : mai 2021

Fanny Cameron

LA MEUTE OPALE

OPALE

Luna

BoD
Books on Demand

Prologue

Luna

Après une longue route, j'arrivai enfin à destination. Je soufflai de soulagement en passant devant le panneau indiquant que j'entrais sur le territoire de la Meute Opale. Je roulai encore quelques minutes, sur cette route bordée par une forêt dense, pour enfin atteindre la ville d'Opaline.

À ma plus grande surprise, je constatai qu'elle était beaucoup plus grande que ce que j'avais imaginée. D'après mes recherches, j'avais appris qu'il y avait de cela plusieurs décennies, cette petite ville humaine était quasiment en ruine avant que la Meute Opale ne s'installe ici. L'Alpha et ses camarades avaient tout reconstruit, tout en reboostant et en développant peu à peu l'économie locale. En devenant propriétaires de ces terres, ils avaient rebaptisé leur nouvelle ville « Opaline », en référence au nom de leur Meute. Depuis, elle s'était considérablement agrandie. De même, l'entente entre les humains et les métamorphes prospérait sur ce territoire.

Après trois ans de fuite effrénée, j'avais longtemps cherché un endroit où me poser. J'étais épuisée et j'avais besoin d'un endroit sûr pour commencer une nouvelle vie. Et quoi de mieux que le territoire d'une puissante Meute où me cacher ? En tout cas, j'avais la certitude que personne ne m'atteindrait ici. Cependant, il me restait une formalité à effectuer. Comme pour tous les grands territoires métamorphes, et même si chacun avait leurs propres lois, il était obligatoire de se faire recenser auprès de leurs services pour pouvoir s'y installer à long terme. Alors, en premier lieu, je me rendis au bâtiment officiel de la Meute, dans le centre-ville, afin de me libérer de ce poids qui me tordait l'estomac. Je me garai juste devant et ne pus m'empêcher de l'observer un moment avec appréhension. Je savais que je devais en passer par là, que c'était incontournable. Déterminée, je pris une profonde inspiration et décidai de me lancer avant de faire marche arrière. Tout en me dirigeant vers les grandes portes de la bâtisse, je me répétai plusieurs fois tous les détails de ma fausse identité, afin de ne pas m'emmêler et d'être la plus crédible possible. J'espérais simplement que ça allait suffire pour pouvoir m'installer et prendre ce nouveau départ dont j'avais tant besoin.

Chapitre 1

Luna

Je me rendis « À l'Opale », le bar métamorphe de la ville. J'entrai avec les boîtes que Mme Thomas m'avait demandé de livrer. Depuis six mois maintenant, c'était devenu mon rituel trois fois par semaine.

Le jour de mon arrivée ici, et après acceptation de mon dossier de recensement auprès des bureaux de la Meute Opale, j'avais répondu à une petite annonce. Mme Thomas, une Dame âgée, recherchait quelqu'un pour l'aider dans certaines tâches quotidiennes, en échange d'un logement individuel sur sa propriété. Je m'étais immédiatement présentée pour un entretien. J'étais tombée sous le charme de cette gentille femme, mais aussi de ce cadre de vie qui me correspondait. Du coup, je m'étais installée le jour même, sans avoir besoin de chercher un logement. La maison se trouvait isolée à environ une demi-heure de la ville. Elle était entourée par des kilomètres de forêts, de collines, avec une végétation luxuriante et n'avait que pour seul voisin, la propriété privée de la Meute

Opale. À ce que j'avais compris, les membres de la Meute avaient le choix de vivre en ville ou en communauté sur ce domaine, qui se trouvait en retrait. Je supposais donc, que même si Mme Thomas était humaine, que son annonce était justement restée sans réponses à cause de cette proximité. Malgré l'entente entre les humains et les métamorphes, il était évident que certains restaient méfiants ou bien bourrés de préjugés face à des personnes différentes d'eux. Pourtant, ce n'était pas cela qui m'avait fait hésiter. Je n'avais rien contre les métamorphes, puisque moi-même je partageais mon corps avec une âme animale. Cependant, j'étais différente de mes congénères. C'était exactement pour cette raison que j'étais réticente au début. Je devais me faire discrète et ne pas attirer l'attention sur moi pour ne pas me retrouver de nouveau en danger. Mais après avoir pesé le pour et le contre, j'avais tout de même décidé de m'installer ici et je ne regrettais pas mon choix. Sans le savoir, Mme Thomas m'avait offert un véritable havre de paix. Je me plaisais dans mon petit chalet dans les bois. Et j'aimais beaucoup aider cette femme dans sa vie de tous les jours. Cependant, je devais bien m'avouer que je m'étais vite ennuyée. Habituée à être toujours en mouvement et sur le qui-vive, au départ j'avais beaucoup apprécié de pouvoir enfin me reposer un peu. Mais par la suite, c'était devenu très long, voir même angoissant de rester à ne rien faire après avoir rempli mes obligations envers Mme Thomas. Du coup, depuis un mois maintenant, je travaillais également comme barmaid plusieurs soirs par semaine « À l'Opale ».

J'entrai donc dans ce bar qui se trouvait être mon deuxième lieu de travail, pour livrer les délicieuses tartes de ma patronne. Brendon et son compagnon Emery me virent et m'adressèrent des sourires chaleureux. Ce couple de loup gérait le bar de la Meute et m'avait tout de suite mise à l'aise. Même s'ils avaient senti que j'étais différente, ils ne m'en avaient jamais rien dit. C'était d'ailleurs une des raisons pour laquelle j'avais immédiatement répondu favorablement à leur offre d'emploi, sans me poser plus de questions.

— Ah, voilà notre petit rayon de soleil, s'exclama Brendon en venant à ma rencontre.

Je lui souris et lui tendis les boîtes qu'il s'empressa de récupérer.

— Alors comment va Mme Thomas aujourd'hui ? me demanda Emery en s'approchant lui aussi.
— Elle va bien comme à son habitude, répondis-je.
— Veux-tu boire quelque chose ? me proposa Brendon après avoir déposé son chargement sur le comptoir.
— Je ne veux pas vous déranger, hésitai-je.
— Mais non voyons. Allez, viens t'asseoir avec nous un moment, m'ordonna Emery.
— D'accord, mais pas longtemps alors, je dois encore aller faire les courses pour Mme Thomas avant de rentrer, annonçai-je en prenant place sur un tabouret.

Brendon acquiesça et passa derrière le comptoir pour me servir ma boisson, alors qu'Emery s'installa à côté de moi pour papoter.

— Qu'est-ce que tu vas faire ce soir pendant ta soirée de repos ? me demanda-t-il faussement innocent.

Je me raidis, restant instinctivement sur mes gardes.

— Je ne sais pas encore mais je suis un peu fatiguée. Je crois que je vais profiter de ma soirée pour me reposer, répondis-je avec hésitation.

— Ou sinon, tu pourrais venir à la villa. Notre Alpha y organise un grand barbecue pour notre soirée Meute. Ça a lieu une fois par mois et c'est ouvert à tous les métamorphes de notre territoire.

— Oui, comme ça on pourrait faire officiellement les présentations. Depuis le temps qu'il entend parler de toi, vous pourriez enfin faire connaissance, me dit Brendon avec un peu trop d'enthousiasme à mon goût.

— Quoi ? Vous lui avez parlé de moi ? criai-je presque en les regardant avec des yeux écarquillés.

— Oui. Mais bon, c'est Tessa, Cassy et Ivy qui ont commencé, me dit-il pour se dédouaner. Pour Emery et moi, c'est logique qu'on lui parle de toi puisque tu travailles ici, donc pour la Meute. Alors Asher est en quelque sorte ton patron. Puis, il se peut aussi que ceux que tu as déjà rencontrés au bar, lui aient également dit deux ou trois choses, ajouta-t-il dans un souffle.

— Quoi ? Mais ... pourquoi ? redemandai-je stupéfaite et de plus en plus mal à l'aise.

— Eh bien, tout comme nous, les filles t'apprécient beaucoup. Elles te sont reconnaissantes de tout ce que tu fais pour Mme Thomas. Elles passent régulièrement la voir et elles ont bien vu que tu es gentille et attentionnée, et que tu t'occupes bien d'elle. Et même nos camarades de Meute qui viennent régulièrement ici, ont eu une très bonne impression te concernant, me dit gentiment Emery.

— Mais ils ne me connaissent même pas, affirmai-je contrariée.

— Tes actes et ta façon d'être parlent pour toi ma puce, me dit Brendon avec affection.

— D'accord. Euh ... je suis désolée mais ... je dois y aller, annonçai-je la gorge nouée, en me levant. À plus tard, lançai-je avec un petit geste de la main en m'éloignant rapidement, sans me retourner.

En sortant du bar, je sentis encore leurs regards stupéfaits sur moi. J'inspirai profondément pour reprendre contenance et traversai la rue pour rejoindre l'épicerie d'en face. Je récupérai la liste et fis mes achats en mode automatique, perdue dans mes pensées. Cette discussion m'avait réellement perturbée. Je devais faire profil bas et au lieu de ça, plusieurs personnes parlaient de moi, de plus, à un puissant Alpha. Depuis mon emménagement, j'avais entendu beaucoup de choses sur lui et la Meute Opale.

Asher Morgan avait la réputation d'être dangereux et sanguinaire lorsque cela était nécessaire. Il défendait les siens et son territoire d'une main de maître. Sa Meute était forte et soudée. Personne n'osait la défier. J'avais rencontré plusieurs de ses membres au bar, mais rarement Asher. Les seules fois où nous nous étions vus, il restait dans le salon privé du bar qu'il leur était réservé. Cependant, à chaque occasion je sentais son regard posé sur moi. Bien sûr, je faisais toujours mon possible pour l'ignorer. Face à un Alpha, ma différence serait un mystère à résoudre, mais surtout un véritable défi pour lui. Il était hors de question de m'approcher de lui, même si je savais que sa dominance, aussi puissante soit-elle, n'aurait aucun impact sur moi. Néanmoins, je devais bien avouer que ma curiosité me titillait. Une fois, j'avais entendu les filles en parler avec Mme Thomas. Elles le décrivaient comme un homme intense et très sexy, avec des yeux noirs insondables. Elles affirmaient que c'était un « aimant à femelle » mais que personne n'arrivait à susciter véritablement son intérêt. Je n'avais aucun mal à les croire. Du peu que j'avais vu, c'était évident qu'il était vraiment très attirant. Je ressentais aisément son côté sombre et dangereux. Pourtant, cela ne m'empêchait pas de sentir une redoutable tension entre nous à chaque fois qu'on se retrouvait à proximité. Mes sens s'éveillaient inexplicablement, tout comme l'animal en moi s'agitait comme pour aller le défier et l'asticoter.

Je sortis de mes pensées en arrivant à la caisse. Une fois mes achats payés, je rejoignis ma voiture avec mes sacs. Je les plaçai dans le coffre et fis le tour pour ouvrir ma portière. Toutefois, je suspendis mon geste et frissonnai en sentant une décharge électrique me parcourir le corps. Je balayai automatiquement les alentours mais rien ne m'interpela. Après une brève hésitation, je décidai de ne pas y prêter attention. La seule chose que je souhaitais à cet instant, était de retrouver mon havre de paix. Alors je m'installai derrière le volant et pris la direction de ma maison provisoire qui, je l'espérais, resterait mon refuge le plus longtemps possible.

Chapitre 2

Asher

En entrant « À l'Opale », je me dirigeai immédiatement vers le comptoir où Brendon et Emery semblaient en pleine conversation. En me sentant arriver, ils se tournèrent vers moi avec un air songeur, voir inquiet.

Je m'installai près d'eux au bar lorsqu'une délicieuse odeur me parvint. Je humai profondément pour m'imprégner de cette saveur aux notes de miel, de fleurs sauvages et d'épices. Je connaissais parfaitement ses effluves mais surtout, à qui elles appartenaient. Cela faisait un mois maintenant que j'essayais vainement de repousser les sensations qu'elles provoquaient à chaque fois en moi. Je me raidis un instant, sur le qui-vive, mais notai rapidement que l'odeur était faible. J'en déduisis donc, en me détendant doucement, que Luna, notre nouvelle barmaid, ne se trouvait plus ici.

— Que se passe-t-il ? demandai-je à Brendon et Emery, en les regardant tour à tour.

— On s'inquiète pour notre petit rayon de soleil, soupira Brendon, l'air inquiet.

— Votre petit rayon de soleil ? répétai-je perdu.

— Oui, Luna. Elle vient de passer pour déposer les tartes de Mme Thomas, m'expliqua Emery.

— Et qu'est-ce qui vous inquiète au juste ? demandai-je en me raidissant malgré moi.

— On a essayé de l'inviter à la soirée Meute de ce soir, mais encore une fois, elle a gentiment refusé, m'annonça Brendon, l'air triste.

— Elle avait sans doute d'autres choses à faire, supposai-je.

— C'est bien plus compliqué que cela à mon avis, reprit-il. Elle habite ici depuis six mois maintenant et elle ne sort jamais avec personne. On dirait même qu'elle évite toutes relations amicales. Et il y a autre chose, tout à l'heure, on lui a dit que plusieurs d'entre nous t'avait parlé d'elle. Elle semblait perturbée par cette information, puis elle a juste pris la fuite.

— Vous êtes sûrs qu'elle fuyait ? leur demandai-je septique.

— Oui, me confirmèrent-ils avec aplomb.

Je ne savais pas trop quoi penser de ces informations. Je m'acharnais tellement pour l'éviter à chaque fois que je la croisais, que je n'avais rien suspecté. Par curiosité, j'avais bien lu son dossier à notre bureau des recensements, mais il ne révélait pas grand-chose d'intéressant. Un sentiment d'urgence m'assaillit d'un coup.

— Ça fait longtemps qu'elle est partie ? m'informai-je.

— Je dirais une vingtaine de minutes, me
répondit Emery en jetant un coup d'œil à
l'horloge murale. Elle a dit qu'elle devait faire
des courses pour Mme Thomas.

Sans un mot, je me levai pour aller me poster derrière
la vitrine de notre bar. J'inspectai minutieusement la
rue et arrêtai mon regard sur la devanture de l'épicerie
d'en face. Je savais que Mme Thomas se fournissait
uniquement dans celle-ci, alors j'attendis. J'entendis
vaguement Brendon et Emery me rejoindre mais ne
bougeai pas de mon poste d'observation.

— Sa voiture est encore garée devant, m'informa
Brendon.

Il ne fallut que quelques minutes pour la voir sortir du
magasin.

— Elle a l'air perdue dans ses pensées, souffla
Emery à mes côtés.
— Oui en effet, confirmai-je un peu déstabilisé.

Tel un prédateur, j'observai attentivement cette petite
femelle qui bousculait tous mes sens depuis un mois.
Elle traversa la rue pour rejoindre sa voiture garée
juste devant le bar. Elle ne devait pas mesurer plus
d'un mètre soixante-cinq et possédait une silhouette
fine avec des courbes généreuses là où il le fallait. Des
magnifiques cheveux bruns lui tombaient en boucles
sur les épaules et dans son dos. Je sentis la frustration
m'envahir quand je ne pus croiser son regard. Tous
ceux qui l'avaient déjà rencontré, n'arrêtaient pas de
s'extasier sur ses beaux yeux uniques à la couleur de
l'or. Chose que je ne pouvais pas affirmer puisque
j'esquivais soyeusement son regard depuis le début. À

ce moment précis, ce fait m'ennuyait terriblement. En la regardant de plus près, elle semblait plus pâle que d'habitude et je constatai qu'un air triste s'affichait sur son visage d'ange. À l'intérieur de moi, mon Loup grogna et fit les cent pas, nerveux à l'idée que cette petite femelle souffrait. Je ne comprenais pas sa réaction, d'autant plus qu'il ne s'intéressait jamais à personne. Tout comme le fait que nos instincts protecteurs s'éveillèrent brusquement en nous, comme un raz-de-marée. Je la vis s'immobiliser et regarder autour d'elle comme si elle sentait mon regard l'inspecter. Cependant, elle ne s'attarda pas plus longtemps. Je suivis des yeux la voiture s'éloigner, avant de me détourner lorsqu'elle disparut de ma vue.

— Que savez-vous sur elle exactement ? demandai-je aux garçons en me tournant vers eux.

— Pas grand-chose, soupira Brendon en se frottant la nuque d'une main.

— On ne peut pas dire qu'elle laisse vraiment les gens l'approcher ou essayer de la connaître, ajouta Emery en grimaçant.

— Oui, même les filles n'ont pas eu plus de succès, surenchérit Brendon en haussant les épaules, impuissant.

— Je vois, grognai-je, irrité de ne pas en savoir plus.

— Mais bon, on peut quand même affirmer que malgré qu'elle soit très discrète, elle s'est beaucoup attachée à Mme Thomas. Elle est attentionnée et très protectrice avec elle. Elle s'occupe de tout et elle est toujours aux petits soins pour elle. On a aussi tous pu constater qu'elle a l'air de se plaire sur notre territoire, expliqua Emery d'un air attendri.

— Oui, c'est vrai, confirma Brendon. Mme Thomas a également dit aux filles que Luna allait tous les jours se promener seule en forêt et qu'elle semblait en revenir plus sereine à chaque fois, m'informa Brendon, pensif.

— Vous semble-t-elle ... dangereuse ? osai-je demander pour écarter cette éventualité.

— Non, me répondirent-ils d'un air offusqué à l'idée que j'aie pu ne serait-ce que l'envisager.

— Ok, les rassurai-je en levant les mains devant moi pour les calmer. Je voulais simplement connaître votre ressenti.

— Ouais, lâcha Brendon en regardant son compagnon. Nous pensons surtout que cette jeune femme a certainement vécu des choses difficiles dans sa vie, et qu'elle se protège sûrement, en ne laissant personne s'approcher assez près d'elle pour l'atteindre.

— C'est ce que tu penses aussi ? demandai-je à Emery en me tournant vers lui.

— C'est l'impression qu'on a eue, oui. Luna n'a que vingt-deux ans, mais on a souvent la sensation qu'elle porte le poids du monde sur ses épaules. Et j'avoue que ça ne me plait pas de savoir qu'elle est seule pour affronter ça, ou même une quelconque menace, ajouta Emery, l'air grave.

— D'accord, je vais m'en occuper, décrétai-je sans y réfléchir davantage.

— Quoi ? s'étonnèrent-ils en me dévisageant estomaqués.

Je ne répondis pas et les abandonnai avec leur expression ébahie. Je pouvais comprendre leur surprise, ce n'était clairement pas dans mes habitudes de réagir de cette façon, surtout concernant une femme. Je ne savais pas pourquoi, mais je devais absolument en savoir plus sur Luna. Elle m'intriguait et cette conversation avait encore plus attisé ma curiosité la concernant. Même mon Loup se tenait aux aguets comme s'il s'apprêtait à intervenir à tout moment. Nos instincts de chasseur s'éveillèrent, tandis que cette petite femelle était clairement devenue notre proie. Cette situation était vraiment incompréhensible et inédite pour nous, mais je me promis de tout faire pour connaître le fin mot de l'histoire.

Chapitre 3

Luna

Après une nuit agitée et une journée assez monotone, je me dirigeai vers la porte du bar pour prendre mon service. Cependant, ce soir je n'étais pas du tout dans mon assiette et j'y allais plutôt à reculons.

Cela faisait plusieurs mois que je n'avais pas fait de cauchemars, mais cette nuit, une vieille angoisse était réapparue. Du coup, j'avais passé une bonne partie de la nuit à me retourner dans mon lit. En dehors de la discussion que j'avais eue avec Brendon et Emery hier, une autre mauvaise surprise m'attendait en rentrant. Mme Thomas m'avait averti qu'un homme s'était présenté chez elle, pendant mon absence, pour lui faire une offre d'achat pour sa propriété. Cela ne m'aurait pas inquiété outre mesure si elle ne m'avait pas aussi précisé, qu'il venait de la part de « riches associés anonymes ». De plus, il ne s'était même pas présenté et avait apparemment été très insistant. Elle avait réussi à lui fermer la porte au nez mais l'homme lui avait certifié qu'il repasserait bientôt la voir. Pour le coup, j'étais rassurée de savoir que cette histoire ne me concernait en rien et que je n'étais pas en cause. Mais d'un autre côté, je n'aimais pas du tout cette intrusion chez ma petite Dame. Mes instincts me dictaient que la visite de cet homme n'augurait rien de bon pour la suite. Il me semblait trop suspect pour être honnête et j'étais persuadée qu'il ne s'arrêterait pas à ce simple refus. Même si je devais rester discrète, je ne voulais pas non plus laisser cette femme se débattre seule avec d'éventuels problèmes. Elle était gentille avec un cœur immense, elle m'avait accueilli chez elle à bras ouverts sans me connaître. Je savais que je n'y pouvais rien mais malgré tout, je m'en voulais d'avoir baissé ma garde et d'avoir été moins vigilante. J'aurais dû protéger les lieux plus tôt grâce à mes dons. Je m'en étais d'ailleurs occupée hier soir, avant d'aller me coucher. Cette protection consistait à m'avertir de toutes intrusions malveillantes dans le cercle magique que j'avais créé, autour de la propriété. Donc, même en cas d'absence, je le ressentirais immédiatement puisque j'étais reliée psychiquement à celui-ci. Ce n'était pas grand-chose, mais je pouvais au moins faire ça, tout en sachant que personne n'avait la capacité de le détecter.

Me dirigeant derrière le comptoir pour prendre mon service, Brendon qui s'y trouvait déjà, m'accueillit avec son éternel sourire.

— Bonjour mon petit rayon de soleil ... commença-t-il.

Quelque chose dut l'interpeler chez moi puisque je vis son sourire s'estomper et ses sourcils se froncer.

— Luna, est-ce que tout va bien ? Tu es toute pâle, me demanda-t-il visiblement inquiet.

— Oui, oui. Ne t'en fais pas, ce n'est rien, répondis-je rapidement en me détournant pour me mettre au travail.

Je pris bien soin de ne pas prêter attention à lui et enchaînai les commandes des clients. Malgré ces coups d'œil appuyés, je fis mon possible pour rester concentrée et ne pas lui donner plus d'occasions de me questionner.

Plus tard dans la soirée, je préparais la commande pour une des tables lorsque je ressentis des picotements me remonter le long de la colonne vertébrale. Je relevai la tête pour me retrouver face à une montagne de muscles, accoudée au comptoir. Je déglutis difficilement lorsque mon regard plongea dans celui de l'Alpha.

— Bonsoir Luna. Nous n'avons pas encore été officiellement présenté. Je m'appelle Asher Morgan. Je suis l'Alpha de la Meute Opale, se présenta-t-il d'une voix grave qui déclencha des frissons dans tout mon corps.

Je le fixai bouche-bée, sans arriver à lui répondre.

« *Bon sang, les filles avaient vraiment raison* », me dis-je pour moi-même.

J'avais toujours mis un point d'honneur pour ne pas le regarder. Mais là, devant moi, je devais me rendre à l'évidence : il était canon. Je savais qu'il était grand, cependant c'était vraiment un géant comparé à moi. Il mesurait au moins un mètre quatre-vingt-quinze, avec une carrure imposante et très musclée. Il avait des cheveux brun foncé, une mâchoire carrée parfaitement rasée, et des yeux noirs intenses qui me firent frémir. Son odeur musquée et virile avec une petite note de je ne sais quoi me parvint comme un coup de fouet, me faisant tressaillir involontairement. Je fixai un instant sa bouche qui s'étira en un petit sourire en coin, tout en m'étudiant de son regard profond. Oui, je devais bien avouer qu'il était bien trop sexy pour mes hormones et qu'il ne me laissait pas indifférente, loin de là. Je sentis mon âme animale se redresser et observer ce mâle Alpha très dominant avec beaucoup d'intérêt. Je clignai des yeux de surprise en la sentant quasiment parader devant lui. Je perçus également la puissante aura d'Asher qui nous entourait, mais aussi le danger et la menace qu'il pouvait représenter. Puis, j'aperçus son Loup qui était remonté sous la surface pour m'observer, comme si j'étais une énigme à résoudre. Je sursautai et me retournai d'un bond vers Brendon lorsque celui-ci prit la parole près de moi.

— Salut Asher. Tu es venu te présenter à notre petite Luna ?
— Je me suis effectivement présenté, mais pour l'instant, je n'ai pas encore eu le plaisir d'entendre sa voix, répondit Asher d'un air amusé en plissant les yeux.

J'inspirai profondément et me raclai la gorge pour me donner le temps de reprendre contenance.

— Brendon puisque tu es là, je te laisse servir *Monsieur* l'Alpha, décrétai-je d'une voix que j'espérais assurée en me tournant vers mon collègue. Je vais aller servir les autres clients qui attendent. Ravie de vous avoir rencontré mais j'ai du travail, dis-je à Asher en me détournant volontairement.

J'ignorai avec application leurs regards estomaqués qui devaient, à cet instant, me dévisager avec insistance. Bon d'accord, ce n'était pas très classe de ma part. J'avais clairement pris la fuite. Mais bon, je n'avais rien trouvé de mieux sur le coup. Je ne m'étais pas du tout attendue à une réaction aussi extrême venant de moi, ou même de mon animal intérieur. Je ne comprenais toujours pas ce qui venait de se passer. C'était bien la première fois qu'une chose pareille m'arrivait. Pour le moment, je mis de côté mes questionnements, mais surtout les sensations qui m'assaillaient de toutes parts. Je fis mon possible pour me concentrer de nouveau sur mon travail, en évitant soigneusement de jeter des coups d'œil dans la direction d'Asher, à chaque fois que je ressentais ses yeux posés sur moi.

« *Je crois que je suis dans la merde* », me soufflai-je.

Chapitre 4

Asher

Je n'en revenais pas. Cette petite femelle diabolique allait me rendre fou. Cela faisait plusieurs jours que je m'étais présenté à elle au bar et qu'elle m'avait congédié comme si je n'étais personne.

Après la conversation que j'avais eue avec Brendon et Emery, j'avais décidé de me présenter à Luna pendant son service au bar pour établir un premier vrai contact. Alors lorsque Brendon m'avait envoyé un message pour m'informer qu'elle n'avait pas l'air bien, je m'étais persuadé que c'était le moment idéal. Mais surtout, j'avais imaginé, qu'en tant qu'Alpha de la Meute, qu'elle m'aurait fait part de ses préoccupations afin de lui apporter mon aide. Après tout, c'était mon rôle premier au sein des miens. Je devais toujours m'assurer du bien-être de mes camarades de Meute. Même si j'étais conscient qu'elle ne faisait pas entièrement partie de celle-ci, elle habitait tout de même sur mon territoire, donc dans un certain sens j'étais responsable de Luna. Mais bon, je ne m'étais pas du tout attendu à me faire rembarrer de cette manière. J'en étais resté bouche-bée, ne sachant pas quoi faire à part la regarder avec des yeux exorbités, tandis que mon Loup s'était immobilisé, à la fois abasourdi et quelque peu scandalisé.

Plus les jours passaient, plus je sentais la frustration me gagner. Depuis cette fameuse soirée au bar, j'avais récidivé tous les soirs où elle travaillait. Cependant je n'avais pas tenté d'autres approches, je me contentais seulement de l'observer minutieusement, tout comme ce soir. J'étais installé à notre table privée avec plusieurs de mes camarades. Malheureusement pour moi, mon petit manège n'avait pas échappé à tout le monde. Ce qui se confirma lorsqu'Ethan, mon Bêta et meilleur ami depuis l'enfance, prit la parole à ma droite.

— Alors, encore à étudier ta proie *Monsieur* l'Alpha ? me demanda-t-il d'un air très amusé.
— La ferme, ce n'est pas drôle, grognai-je.
— Oh si, je t'assure que c'est même hilarant, pouffa-t-il joyeusement.

Je lui mis un coup de coude dans les côtes qui ne fit qu'accroître son amusement. Je soufflai d'exaspération en secouant la tête. Evidemment Brendon s'était empressé de lui raconter ma conversation avec notre barmaid, ou je dirais plutôt mon absence de conversation. Il n'avait pas fallu longtemps pour que cette histoire fasse le tour de la Meute. C'était tellement surprenant et improbable que j'en entendrais parler pendant longtemps.

— Kris n'a toujours rien trouvé sur elle ? me demanda plus sérieusement Denis, mon premier Lieutenant qui se tenait à ma gauche.

— Non, rien du tout, répondis-je gravement, irrité de ne pas en savoir plus.

En rentrant à la villa le soir où j'avais parlé à Luna, j'avais missionné Kris, notre informaticien, de faire des recherches sur elle. Si quelqu'un pouvait trouver des informations sur tout et n'importe quoi ou qui, c'était bien lui. Malheureusement, fait exceptionnel, il n'avait absolument rien trouvé jusqu'à présent. Donc, ça me confortait dans l'idée qu'il y avait déjà un problème avec l'identité de cette petite femelle. Au plus profond de moi, je pressentais que ça n'annonçait rien de bon, mais je me refusais d'abandonner.

Ethan me connaissait tellement bien qu'il en venait apparemment à la même conclusion que moi, comme s'il lisait dans mes pensées.

— Tu penses que c'est une fausse identité, affirma-t-il plus que comme une question.

— Oui, ça me paraît évident, acquiesçai-je. Mais maintenant, ce que j'aimerais savoir c'est pourquoi ? repris-je sombrement.

Jada, une des femelles de la Meute qui vivait en ville, nous interrompit en se plaçant devant notre table. Mon Loup se mit à grogner en sourdine, alors que je me raidis instantanément à son approche.

— Bonjour Asher, cela fait un moment que nous ne nous sommes pas croisés, me lança-t-elle avec une moue boudeuse.

— J'ai beaucoup de travail en ce moment, répondis-je agacé.
— Pourtant, j'ai entendu dire que tu étais venu au bar quasiment tous les soirs cette semaine, me reprocha-t-elle d'une voix hautaine.

Je la transperçai immédiatement de mon regard glacial, la mettant en garde.

— Mais bon, il est vrai que tu devrais te détendre plus souvent, reprit-elle plus doucement en sentant la menace. Si tu veux, je peux venir te rejoindre chez toi ce soir, on pourrait s'amuser un peu tous les deux, me proposa-t-elle aguicheuse.

« *Oh, je vois très bien où elle veut en venir, et non merci* », me dis-je pour moi-même en réprimant un grand frisson de dégoût.

— Désolé, j'ai des choses plus importantes à faire, déclarai-je en me détournant d'elle pour reprendre ma conversation avec Ethan, la congédiant ainsi par la même occasion.

J'entendis ses talons claquer un peu trop fortement sur le sol quand elle s'éloigna enfin.

— Bien joué, Asher. Tu as bien manœuvré, me félicita Ethan avec un grand sourire.
— Se rend-elle compte que ça en devient pathétique d'essayer de te séduire ? demanda Denis l'air exaspéré.
— Si seulement, soupirai-je en haussant les épaules.

— Bon du coup, on fait quoi en ce qui concerne ... commença Ethan avant d'être interrompu par un bruit de vaisselle brisée.

Je bondis immédiatement sur mes pieds, tous mes sens en alerte. Instinctivement je me dirigeai rapidement vers la scène qui se jouait devant mes yeux de l'autre côté du bar, Ethan et Denis sur mes talons. Je vis Luna blêmir, les yeux dans le vague, en s'agrippant au bras de Brendon comme si c'était une bouée de sauvetage. Puis, elle fit volte-face et contourna le comptoir pour atteindre la sortie du bar, d'un pas précipité. Je changeai ma trajectoire pour l'intercepter. Hors de question de la laisser filer dans cet état-là. Mon Loup me grogna aussitôt son approbation. Ne m'ayant pas encore remarqué, elle n'anticipa pas la collision lorsque je me mis en travers de son chemin. Je refermai instantanément mes bras autour de sa taille pour l'empêcher de tomber à la renverse. Elle releva son visage surpris pour me dévisager de ses yeux à la couleur de l'or, alors que ses petites mains agrippaient ma chemise sur mon torse, comme pour me retenir contre elle. Même si le moment ne s'y prêtait absolument pas, je ne pouvais pas faire abstraction de la décharge électrique qui me traversa de la tête aux pieds.

— Dis-moi ce qui se passe Luna, lui ordonnai-je d'une voix rauque.
— Il y a un problème chez Mme Thomas ... elle est en danger, bafouilla-t-elle.
— Quoi ?

— Mme Thomas ... Vite, je dois y aller, dit-elle d'une voix hachée, en essayant de me repousser.

— Pas question, on y va ensemble, déclarai-je le visage fermé.

Elle dut comprendre à mon expression et à mon ton que je n'accepterais aucun refus puisqu'elle acquiesça rapidement d'un signe de tête. Ce fut le signal de départ pour nous mettre en mouvement. J'attrapai d'autorité sa main pour l'entrainer avec moi à l'extérieur, jusqu'à mon SUV. Je l'installai sur le siège passager avant de faire le tour pour prendre le volant, pendant que mon Bêta et mon premier Lieutenant se glissaient sur la banquette arrière sans un mot. Aussitôt, je démarrai en trombe pour rejoindre au plus vite la propriété de Mme Thomas. Je ne savais pas comment Luna pouvait affirmer qu'il y avait un danger, mais j'avais cette conviction au fond de moi que je devais lui faire confiance.

Chapitre 5

Luna

Je n'arrivais pas à assimiler les évènements qui venaient de se produire. J'avais l'impression de nager en plein cauchemar. Comment je pouvais passer de « je dois rester discrète » à « je suis assise dans la voiture de l'Alpha » ?

Je m'accrochai au siège en essayant de réguler ma respiration saccadée. Asher roulait vite mais étonnamment je me sentais en sécurité près de lui. Je lui jetai un rapide coup d'œil et vis une grande concentration inscrite sur son visage. Je sursautai violemment lorsque son Bêta pris la parole derrière moi. J'avais complètement oublié que nous n'étions pas seuls dans l'habitacle.

— Sait-on quelle est la menace ? demanda Ethan en me jetant un bref regard.
— Luna ? m'interrogea Asher. Peux-tu nous en dire plus ?

« *Merde, merde, merde ! Comment j'allais pouvoir leur expliquer ça, moi ?* » me demandai-je complètement paniquée.

— Luna ? insista-t-il d'une voix grave mais douce en plongeant son regard dans le mien quelques secondes avant de le reporter sur la route.

Je réfléchis rapidement et décidai de me rapprocher le plus possible de la vérité, sans trop me dévoiler.

— Il y a une semaine, un homme s'est présenté chez Mme Thomas pendant mon absence, expliquai-je. Il est venu lui faire une offre d'achat pour sa propriété.

— Qui était cet homme ? voulut savoir Asher, apparemment très mécontent.

— Je ne sais pas, il n'a pas voulu se présenter. Il a juste dit qu'il venait de la part de « riches associés ». Il a été très insistant mais Mme Thomas a réussi à lui claquer la porte au nez.

— Et tu penses que cet homme est revenu ce soir ? me questionna Denis.

— J'ai ... en quelque sorte ... placé une alarme autour de la propriété ... au cas où il reviendrait, bafouillai-je lamentablement, en baissant la tête vers mes mains posées sur mes genoux, lorsque je sentis leurs regards sur moi.

— Une alarme ? Quelle sorte d'alarme ? demanda Ethan, septique.

J'ouvris la bouche mais la refermai immédiatement, ne sachant pas quoi dire d'autre. Je décidai qu'il valait sans doute mieux pour moi de ne rien ajouter. En regardant par la vitre, je me rendis compte avec soulagement, qu'on arrivait enfin. Dès qu'Asher stoppa son SUV, je sautai de mon siège. Je l'entendis m'appeler mais je l'ignorai en me précipitant vers la maison éclairée. L'appréhension me gagna en constatant que la porte d'entrée était ouverte.

— Mme Thomas, Mme Thomas, criai-je de plus en plus angoissée, en m'approchant.

Je m'arrêtai à quelques mètres de l'entrée en la voyant passer l'embrasure de la porte.

— Luna ? Les garçons ? Que se passe-t-il ? demanda-t-elle stupéfaite, en nous regardant tour à tour. Que faites-vous ici ?
— Vous allez bien Mme Thomas ? l'interrogea Asher, en venant se placer à côté de moi.
— Euh ... oui. Il y a un problème ? répondit-elle, interrogative.
— Est-ce que quelqu'un est venu vous voir, ce soir ? la questionnai-je dès que je pus retrouver mon souffle.
— Non, je n'ai vu personne, affirma-t-elle en secouant la tête.

Je fis doucement un tour sur moi-même en scannant attentivement les environs proches. J'inspirai profondément mais plissai aussitôt le nez en détectant un reste de trace olfactive désagréable.

— Il y avait quelqu'un, je le sens encore, grognai-je.

J'entendis Asher, Ethan et Denis inhaler de l'air, tandis qu'ils se tenaient aux aguets autour de moi.

— Tu as raison, je le sens aussi. Mais à mon avis il est déjà parti, gronda Asher de plus en plus tendu. Ethan, Denis, faites le tour pour voir si vous trouvez quelque chose, ordonna-t-il en se tournant vers eux.

Dès qu'ils se mirent en mouvement, Asher me poussa d'une main dans le dos pour entrer dans la maison. Nous suivîmes Mme Thomas jusque dans son salon. Je serrai fort les dents pour ne pas protester. Moi aussi je voulais étudier les lieux. Malheureusement, il me fallait attendre le départ de l'Alpha et de ses camarades.

Je sortis de mes pensées en entendant le ton monter entre Asher et ma patronne.

— Soyez raisonnable, vous êtes en danger ici, lui dit-il d'une voix menaçante.
— C'est mon chez moi et personne ne me forcera à partir, Asher, lui répondit-elle en campant sur ses positions.

Un grognement grave se fit entendre, je me tournai pour voir Asher plisser les yeux en direction de la petite Dame. Il était évident qu'une grande colère l'animait. Inconsciemment, je posai ma main sur son bras pour le frotter doucement. Pour je ne savais quelle raison, je ressentis ce besoin urgent de l'apaiser. Cependant, je me repris rapidement quand une décharge électrique me traversa de la tête aux pieds. Je fis un pas en arrière et relevai les yeux pour rencontrer ceux d'Asher, qui me dévisageaient avec insistance. Je me raclai la gorge en fixant un point invisible sur son torse, pour me dérober de son regard intense qui me mettait de plus en plus mal à l'aise.

— Si Mme Thomas ne veut pas s'en aller, je resterai avec elle pour la protéger, annonçai-je d'une voix que j'espérais assurée.

— Mais ... commença-t-il, mécontent, en fronçant les sourcils.

— Je vous promets de vous appeler s'il y a le moindre souci, ajoutai-je rapidement.

Je le vis se pincer l'arête du nez, les yeux fermés, en soufflant avant de nous regarder toutes les deux. Il reprit alors la parole d'un air déterminé.

— Ok, mais il est hors de question de vous laisser seules, sans protection. Tant que nous n'en savons pas plus sur la situation, je vais organiser des patrouilles sur la propriété. Et ce n'est pas négociable, reprit-il d'une voix dure lorsque nous commençâmes à protester. De plus, quelqu'un restera avec vous quand Luna travaillera au bar, dit-il à Mme Thomas sans lui laisser le choix.

Ma patronne dut comprendre qu'il ne servait à rien de négocier ou refuser puisqu'elle acquiesça rapidement. Comme je devais malheureusement me ranger à son avis, je consentis également. Sans autres mots, Asher me tendit sa carte que je pris en prenant bien soin de ne pas le toucher. Toutefois, je l'arrêtai lorsqu'il se détourna pour atteindre la porte.

— Je dois récupérer ma voiture, lui dis-je en me mordant la lèvre inférieure, tout en triturant les mains, angoissée à l'idée de refaire le trajet dans le même véhicule que lui.

— Je vais demander à un de mes hommes de te la ramener si tu veux, me proposa-t-il après m'avoir observé, comme s'il lisait dans mes pensées.

— Merci, acceptai-je immédiatement soulagée. Les clés sont au bar.

Il hocha la tête puis partit sans se retourner. Dès que la porte se referma, j'expulsai tout l'air de mes poumons que je n'avais pas eu conscience de retenir jusque-là. Je me tournai alors vers la petite Dame à mes côtés, qui me fixait avec un doux sourire énigmatique.

— Intéressant, lança-t-elle doucement.

Je rougis violemment et décidai qu'il était grand temps pour moi d'aller me coucher. Je la saluai sans oser la regarder, tout en sortant d'un pas rapide, pour enfin regagner la tranquillité de mon petit chalet.

Chapitre 6

Asher

J'enrageai. Plusieurs jours s'étaient écoulés sans le moindre nouvel indice. Tout était calme, trop calme même. Je pressentais au plus profond de moi que les problèmes allaient bientôt débarquer. Mon instinct ne me trompait jamais.

Posté derrière la grande fenêtre de mon bureau, à la villa, je contemplai mon domaine en attendant l'arrivée d'Ethan et Denis. Cela faisait longtemps que nous étions installés ici. Lorsque j'avais découvert ce territoire immense, perdu au milieu de nulle part, dans cette végétation abondante, j'avais tout de suite eu le coup de cœur. Avec Ethan, nous avions décidé de créer notre propre Meute et, nous avions eu la même certitude que ce lieu était l'endroit idéal pour nous. On s'y était immédiatement senti chez nous, à l'opposé de ce que nous ressentions dans notre Meute d'origine. Nous avions donc bâti cette grande villa selon nos goûts, mais surtout nous voulions en faire un endroit accueillant et chaleureux pour tous. Pour les membres qui souhaitaient un peu plus d'intimité, ils avaient la possibilité de construire leur propre habitation sur le domaine tout en restant respectueux de la nature. De ce fait, quelques chalets indépendants avaient émergé, à plusieurs endroits sur la propriété, tout en en se fondant naturellement dans le paysage. La totalité du territoire était sous surveillance constante, parce que même si nos espèces vivaient en paix avec les humains, il existait encore beaucoup d'anti-métamorphes. Alors j'avais fait le nécessaire pour sécuriser les lieux. J'avais d'ailleurs choisi cet endroit aussi pour cette raison. Nous n'étions pas très éloignés de la ville et nous n'avions aucun voisin, excepté Mme Thomas qui n'avait jamais été un problème pour nous, ce qui assurait notre tranquillité. Je pouvais même affirmer que cette petite Dame était devenue, en quelque sorte, un membre de notre Meute, un membre de notre famille. Bien qu'elle fût humaine et une véritable tête de mulle, tout le monde l'appréciait énormément. Cependant, malgré ce cadre de vie idyllique, d'autres de nos membres, moins actifs au sein de la Meute, s'étaient installés parmi les humains en ville. Chacun faisait à sa convenance et cela marchait très bien ainsi.

Je soupirai en me passant une main dans les cheveux. Cela n'avait aucun sens. Plus j'y pensais, plus je me posais la même question : qui aurait intérêt ou serait assez fou pour vouloir acheter un terrain en plein territoire métamorphes ? Surtout qu'au fil des années, nous avions étendu petit à petit notre territoire, en achetant toutes les terres à des kilomètres à la ronde. Puis d'autres questions se bousculaient dans ma tête concernant Luna. Brendon et Emery avaient eu raison dès le départ : elle me fuyait. Mais la grande question était de savoir pourquoi. Nous nous étions croisés à plusieurs reprises depuis l'incident chez Mme Thomas, néanmoins, à chaque fois, elle m'évitait royalement. Même pendant les patrouilles qui avaient été mises en place, mes Lieutenants la croisaient régulièrement dans les bois. Cependant, dès que c'était mon tour de garde, elle disparaissait instantanément. Je sentais souvent sa douce odeur qui planait dans l'air, m'indiquant qu'elle était présente juste avant mon arrivée. À croire qu'elle me sentait venir et qu'elle s'échappait juste à temps pour ne pas me croiser.

Je sortis brusquement de mes pensées quand mes hommes arrivèrent enfin dans mon bureau.

— Tu voulais nous voir ? me demanda mon Bêta.
— Oui, il y a un petit changement de programme pour ce soir, annonçai-je.
— C'est-à-dire ?
— Denis, j'aimerais que tu restes ici pour t'occuper de la sécurité. Je vais prendre ta place pour aller patrouiller avec Ethan chez Mme Thomas.
— Pas de soucis pour moi, acquiesça immédiatement Denis.
— Y'a-t-il une raison particulière à ce changement ? Ce n'est pas ton tour de patrouille aujourd'hui, m'interrogea Ethan, en fronçant les sourcils.
— Non, nous n'avons pas de nouvelles infos mais, je ne sais pas ... je ne le sens pas aujourd'hui. J'ai un mauvais pressentiment et

j'ai besoin d'aller voir par moi-même, leur confiai-je d'une voix sombre.

Ils m'adressèrent tous deux un signe de tête pour confirmer qu'ils comprenaient, avec l'air grave et tout aussi sérieux que le mien.

Quelques heures plus tard, dans les bois sur la propriété de Mme Thomas, Ethan me sortit de nouveau de mes pensées.

— Encore en train de ruminer ? me demanda-t-il amusé.
— Ouais, grognai-je.
— Ton comportement de ces derniers jours n'aurait pas un rapport avec la petite femelle qui habite ici ?

Je me tournai malgré moi en direction du chalet de Luna qui se trouvait plus loin dans la végétation, sans pouvoir le voir. J'inhalai profondément comme si, d'ici, je pouvais capter sa merveilleuse odeur qui me rendait complètement fou. Toutefois, je me figeai et fronçai le nez en détectant une tout autre odeur dans les parages. Tous mes instincts se mirent aussitôt en alerte.

— Tu as senti ça ? demandai-je à mon meilleur ami, en scannant automatiquement les alentours.
— C'est quoi cette puanteur ? grimaça-t-il dégoûté, dès qu'il sentit l'air à son tour.
— Je ne sais pas, mais on va vite le savoir, dis-je en remontant la piste.

Ma nervosité ne fit qu'augmenter au fur à mesure que nous nous approchions du chalet de Luna.

> — L'odeur s'approche du chalet de la petite femelle mais semble bifurquer vers la maison de Mme Thomas, constata également Ethan en grognant.
>
> — Oui, grondai-je en accélérant le pas. J'ai l'impression que Luna a aussi remonté cette piste, je sens son odeur. Avertis Aaron et Lenny pour qu'ils nous rejoignent.

Je l'entendis vaguement téléphoner mais restai concentrer sur le chemin à suivre. Nous sursautâmes de concert lorsqu'une bruyante détonation se fit entendre, toute proche. Mon Loup péta un câble. Il me lacéra de l'intérieur en hurlant de fureur pour se libérer. Nous arrivâmes rapidement devant la maison principale. Cependant, nous nous stoppâmes de concert en découvrant la scène qui nous attendait. C'était incroyable. Aaron et Lenny étaient arrivés et se tenaient en retrait, les mains en l'air, face à Luna dont la chevelure et les yeux étaient littéralement en flamme. Elle se tenait en position d'attaque, prête à bondir sur quiconque approchait. Elle grognait fortement en montrant ses crocs et je pus apercevoir, de là où je me tenais, ses griffes aiguisées qui dépassaient du bout de ses doigts. Je fus fasciné par sa beauté et sa férocité, elle était magnifique. Mais cela me passa rapidement et je me mis, moi aussi, à gronder tout bas lorsque je vis du sang, son sang, couler le long de son bras. Je m'approchai le plus calmement possible, au vu de mon état, ne sachant pas du tout à quoi m'attendre.

— Aaron, Lenny, reculez doucement et allez chercher l'intrus, ordonnai-je d'une voix basse, sans détourner mes yeux de Luna.

Du coin de l'œil, je les vis s'éloigner prudemment.

— Luna, l'appelai-je. Eh, ma belle, regarde-moi.

Elle braqua instantanément son regard dans le mien, en grondant férocement en guise d'avertissement.

« *C'était un bon début* », me dis-je, en esquissant une petite grimace.

— Mes Lieutenants sont partis sur la trace de l'intrus. Tu n'as plus rien à craindre, maintenant. Nous ne sommes pas une menace pour toi, Luna, lui dis-je d'une voix douce.

Elle cligna plusieurs fois des yeux tout en me dévisageant, puis regarda partout autour d'elle avant de reprendre sa véritable apparence. Mon inquiétude grimpa en flèche lorsque je la vis vaciller avant de tomber à genoux en gémissant alors que sa main se posait sur sa blessure. Je me précipitai automatiquement vers elle, pour la rattraper dans mes bras, au moment où elle s'effondra à bout de souffle. Je la maintins contre moi alors qu'Ethan et Mme Thomas nous rejoignaient précipitamment.

— Oh, ma petite, s'exclama celle-ci, en lui caressant tendrement les cheveux. Qu'a-t-elle au bras ? nous demanda-t-elle d'une voix tremblante.

Je m'emparai de sa main qui recouvrait la plaie de son bras pour inspecter les dégâts. Je ne pus m'empêcher de jurer et de grogner.

— Une balle. Elle lui a traversé le bras, grondai-je de plus en plus furieux.
— Elle est ressortie, constata Ethan. Mais pourquoi ne guérit-elle pas, dans ce cas ? me demanda-t-il surpris.

Je me posai la même question. En tant que métamorphe, nous avions cette capacité de pouvoir guérir beaucoup plus rapidement que les humains. Tout comme notre espérance de vie était considérablement plus longue qu'eux, tant que nous nous transformions régulièrement. Donc, je ne comprenais pas pourquoi cela ne fonctionnait pas. Peut-être que c'était une de ses particularités. Dès notre première rencontre, j'avais su à son odeur qu'elle était différente de nous. Et d'après le spectacle de ce soir, il était évident que j'étais encore bien loin de la vérité.

— Poison, chuchota Luna en gémissant de douleur.
— Merde. Ok, on bouge, ordonnai-je sans perdre plus de temps.

Je me relevai en plaçant ma petite femelle contre mon torse, bien à l'abri dans mes bras. Elle semblait minuscule et tellement vulnérable ainsi. Mon Loup remonta prudemment à la surface pour se frotter contre elle, comme pour la réconforter.

— Ethan, aide Mme Thomas à préparer des affaires pour elle et Luna. Elles s'installent à la villa, décrétai-je.

— Mais ... commença à répliquer la petite Dame.

— Il n'y a pas de mais qui tienne. Vous êtes en danger ici. Luna aurait pu mourir ce soir, lui dis-je d'une voix dure.

— Vous avez raison. Je vais préparer tout ce qu'il nous faut, me répondit-elle tristement, en regardant Luna avec inquiétude.

— Je m'occupe de tout Asher. Fonce rejoindre Harmony pour qu'elle la guérisse. Je viens de l'appeler, elle t'attend, me dit doucement Ethan, d'un air soucieux.

Je lui fis un signe de tête pour le remercier et me détournai avec urgence, pour rejoindre notre villa au plus vite. Je savais que le temps nous était compté. Les paupières de ma belle se mirent à papillonner pour enfin se fermer. Sa peau se fit encore plus pâle que d'habitude alors que ses lèvres perdaient peu à peu leur couleur.

— Luna, Luna regarde-moi. Reste avec moi ma belle, la suppliai-je lorsqu'elle s'évanouit dans mes bras.

Je resserrai mon étreinte autour de son petit corps, comme si je pouvais la protéger du monde entier. Mon cœur se brisa, rien qu'à l'idée qu'elle disparaisse de ma vie. À cet instant précis, mon Loup et moi nous firent la promesse de toujours prendre soin d'elle, quoiqu'il arrive.

Chapitre 7

Luna

Un mal de tête me tira de mon sommeil. Je gémis de douleur en essayant de me redresser. J'avais l'impression de naviguer dans le brouillard. J'ouvris légèrement les yeux et me sentis complètement perdue.

Après quelques secondes ou minutes, je ne me rendais pas bien compte, j'émergeai enfin de cet état. Je sursautai violemment en sentant une présence proche de moi. Je m'assis précipitamment, lâchant un cri éraillé lorsque mon corps lourd et courbaturé se rappela à moi.

— Doucement, m'ordonna une voix profonde.

Je repris peu à peu mes esprits puis soupirai de soulagement en reconnaissant la voix et l'odeur caractéristique d'Asher. D'ailleurs, elle était partout autour de moi. En examinant avec plus d'attention la pièce dans laquelle je me trouvais, je le vis se lever du fauteuil dans lequel il était installé, pour venir s'asseoir sur le lit, près de moi. Sa présence emplissait l'espace de sa puissante aura. Je la sentis vibrer autour de nous, m'enveloppant dans un cocon chaleureux et protecteur. Je réprimai un gémissement en sentant toutes ses ondes me parcourir le corps en de douces caresses. Destiny, mon âme animale avec qui je partageais mon corps, se redressa à l'intérieur de moi pour faire face à ce puissant mâle Alpha. Elle s'approcha de la surface, comme si elle voulait se frotter contre lui. Je me léchai les lèvres et me raclai la gorge, gênée.

> — Où suis-je ? Qu'est-ce qu'il s'est passé ? lui demandai-je encore perdue.
> — Tu ne te souviens pas ? me demanda-t-il prudemment, en m'analysant.

Je fis rapidement le tour de mes derniers souvenirs quand ils me revinrent par vagues. Ma respiration s'accéléra et je déglutis bruyamment quand je pris conscience de la situation dans laquelle je me trouvais.

> — Tu es dans ma chambre sur notre propriété. Tu étais en train de mourir. Harmony, notre guérisseuse, t'a sauvé juste avant qu'il ne soit trop tard, m'expliqua-t-il d'une voix emplie d'émotions.

Je ne pus que hocher la tête tellement ma gorge était nouée.

> — Tu n'as absolument rien à craindre de nous, Luna. Tu es et tu seras toujours en sécurité parmi nous, me lança-t-il avec une certaine détermination dans la voix.

Perdue dans ma panique d'en avoir trop révélé à mon sujet, je le sentis plus que je ne le vis, poser sa mien sur les miennes qui tremblaient en serrant fortement le drap qui me couvrait. Une douce chaleur bienvenue me parcourut tout entière, me réchauffant de l'intérieur.

— Mme Thomas ? lui demandai-je angoissée.
— Elle va bien, ne t'inquiète pas.
— Depuis combien de temps je suis ici ?
— Cela fait trois jours que tu es inconsciente, m'annonça-t-il en me fixant intensément.
— Trois jours, me répétai-je pour moi-même en écarquillant les yeux, tout en passant ma langue sur mes lèvres sèches.
— Est-ce que ça te dirait d'aller manger ? C'est l'heure du repas et tu dois être affamée, me proposa-t-il.

Maintenant qu'il en parlait, mon ventre gargouilla. Je hochai donc la tête. Il se leva et m'indiqua où se trouvait mes affaires et la salle de bain, puis me laissa un peu d'intimité le temps de me préparer. Ce ne fut pas une chose aisée et je mis un peu plus de temps à me laver et m'habiller, mais cela me fit un bien fou. Je revins dans sa chambre alors qu'il était assis sur son lit, le regard perdu dans le vague. Je l'observai un instant avant de me manifester. Lui aussi en avait profité pour prendre une douche, à en croire ses cheveux encore humides. Son odeur mélangée à celle de son gel douche me parvinrent ce qui me donna subitement envie d'aller le humer et de lécher sa peau.

« *Quoi ? Mais d'où ça vient, ça ?* », me demandai-je estomaquée par mes pensées.

Je me perdis dans mes songes quand d'autres souvenirs remontèrent dans ma mémoire : Asher me serrant dans ses bras, sa voix grave et suppliante qui me demandait de rester avec lui, sa main caressant mes cheveux et ma joue. Instinctivement, je tendis ma main vers celle-ci mais elle entra en contact avec celle d'Asher. Je fus surprise de le voir aussi proche de moi. Je ne devais pas être complètement rétablie. Je ne l'avais même pas entendu approcher.

— Tout va bien ? me demanda-t-il inquiet en prenant mon visage en coupe dans ses grandes mains.
— Ou ... oui, bafouillai-je perturbée par cette proximité.

Je reculai précipitamment de quelques pas pour remettre de la distance entre nous.

— Pourquoi Luna ? Pourquoi me fuis-tu ? Que me caches-tu ? me questionna-t-il en s'avançant de deux pas vers moi.
— Je ne fuis personne, et ce que je cache ou non ne regarde que moi, crachai-je en le fusillant immédiatement du regard.

Son visage se ferma et s'assombrit. Il se rapprocha encore d'un pas alors que l'atmosphère autour de nous devint lourde et suffocante, en se chargeant d'électricité face à sa démonstration de dominance. Destiny prit cela comme un affront. Alors, sans que je ne puisse m'y opposer, elle décida d'émerger dans mon regard, tout en projetant sa propre aura, pour faire comprendre à ce mâle Alpha que nous étions loin d'être faible. J'approuvais entièrement, Asher avait été trop loin en essayant de nous soumettre.

— Recule, grognai-je d'une voix altérée entre mes dents serrées.

Asher me regarda, ébahi et recula doucement d'un pas en levant ses mains devant lui en signe de paix.

— N'essaye plus jamais de nous soumettre, l'avertis-je. Tu as beau être un Alpha très puissant, cela n'aura aucun effet sur nous.

Destiny se retira et mes yeux reprirent certainement leur couleur naturelle, puisque je le vis se détendre tout en ramenant son aura à lui, en baissant ses mains.

— Je ne cherchais pas à te soumettre, je voulais simplement savoir comment tu réagirais. Je savais déjà que tu étais spéciale, m'annonça-t-il d'une voix douce avec un petit sourire en coin.
— Bon sang ... explosai-je-je énervée, en me mettant à faire les cents pas dans la pièce. C'était quoi ça, un test ? Cela t'amuse ? criai-je presque.
— Non pas du tout, affirma-t-il en croisant ses bras sur son torse. J'avais besoin de savoir pourquoi tu me fuis et surtout pourquoi tu te coupes volontairement du monde qui t'entoure.

J'expirai bruyamment et m'assis sur le lit, épuisée.

— Je n'ai pas envie d'en parler, soufflai-je d'une voix lasse.
— Si c'est ce que tu souhaites, je n'insisterai pas ... du moins pour l'instant. Mais juste pour ton information, je ne te veux aucun mal. Et tes

secrets, quels qu'ils soient, seront toujours bien gardés avec moi.

— Ouais, comme si je n'avais jamais entendu ces belles paroles avant de le regretter amèrement, grimaçai-je.

— Ne me compare pas à d'autres, grogna-t-il. Je ne sais pas ce que tu as vécu dans ta vie, mais toi non plus tu ne me connais pas. Et tu n'es pas prête à le découvrir si tu restes aussi fermée aux autres.

— J'ai mes raisons, soupirai-je en baissant la tête.

— Et je peux le comprendre. Tu n'es pas obligée de nous révéler quoi que ce soit. Laisse-nous simplement entrer dans ta vie au lieu de constamment nous repousser, me demanda-t-il doucement.

— Pourquoi je ferais cela ? lui demandai-je avec méfiance.

— Tu ne peux pas rester seule toute ta vie et continuer à fuir à longueur de temps. Des personnes t'apprécient ici. Elles souhaitent te connaitre et avoir la chance de devenir tes amis.

— Cela pourrait être dangereux pour les personnes qui m'approchent, comme pour moi, l'informai-je tristement.

Je me crispai lorsqu'il s'approcha de nouveau de moi. Je sentis ses doigts prendre mon menton pour relever ma tête, jusqu'à ce que nos yeux se rencontrent.

— Tu ne dois pas t'inquiéter pour de telles éventualités. Nous ne t'abandonnerons pas, même si des problèmes surgissaient. Nous prenons soin les uns des autres quoiqu'il arrive, m'expliqua-t-il d'une voix ferme.

Je ne savais pas pourquoi mais, à cet instant précis, je le crus. Je ressentis toute sa sincérité dans ses paroles, dans sa voix et sur son visage. Je lâchai un soupir et me détendis enfin. C'était une évidence, je me sentais en sécurité près de lui. Cependant, je me demandais si c'était vraiment une bonne chose.

— Maintenant que les choses sont plus claires, je t'emmène manger, me lança-t-il avec un petit sourire rassurant.

Chapitre 8

Asher

J'escortai Luna à travers la villa pour rejoindre la cuisine. Nous marchions dans un silence tranquille après cette discussion qui, je le savais, n'avait pas dû être simple pour elle. Je souhaitais lui laisser du temps pour réfléchir mais aussi lui donner de l'espace pour ne pas la faire fuir.

Je n'étais pas quelqu'un de patient en général, mais là, j'avais conscience que je n'avais pas le choix si je voulais pouvoir me rapprocher d'elle. Tout tournait et retournait dans ma tête. Je la revoyais paisiblement endormie, ses magnifiques prunelles à la couleur de l'or liquide qui m'avaient analysées à son réveil. La façon dont les flammes avaient envahi ses yeux en même temps que sa colère. Je me rappelais également sa voix lasse et triste. J'avais tout de suite perçu sa souffrance derrière les barrières qu'elle avait érigées autour d'elle pour se protéger. Cette discussion m'avait particulièrement touchée. Je ne comprenais plus mes réactions, ni celles de mon Loup qui me poussait constamment à aller la retrouver. Je savais bien qu'elle ne me devait rien, surtout qu'on venait à peine de se rencontrer. J'avais conscience d'avoir été trop loin. De plus, je lui en demandais trop en exigeant qu'elle me fasse immédiatement confiance. Malgré tout, c'était plus fort que moi. Je ressentais ce besoin de la découvrir, en ayant constamment cette sensation qu'on se connaissait depuis longtemps. Pourtant, ce n'était pas mon genre de m'intéresser à une femelle de cette manière. Aussi belle soit elle, j'étais plutôt du genre à passer d'une femelle à l'autre quand j'en ressentais le besoin. Seulement du plaisir, sans aucunes attaches et encore moins de lendemains. Et malgré l'insistance de certaines, je ne comptais absolument pas me mettre en couple. Je n'avais pas non plus l'envie de rencontrer un jour mon âme sœur. C'était une particularité chez les métamorphes, nous avions tous une personne qui nous était prédestinée, quelqu'un créé pour nous comme si nous étions les deux facettes d'un tout. Mais pour ma part, mon Loup et moi n'étions pas attirés par ce concept. Nous aimions être solitaire et cela nous convenait très bien ainsi. À l'exception d'Ethan et mes Lieutenants, je ne laissais personne m'approcher et me toucher à ce point. Même avec les autres membres de ma Meute, je gardais tout de même une certaine distance. C'était pour cette raison que la situation avec Luna me perturbait autant. Inconsciemment, cette petite femelle exacerbait tous nos instincts les plus profonds, ce qui était vraiment incompréhensible.

En entendant des voix s'élever proche de nous, je reportai mon attention sur Luna qui ralentit quelque peu le pas. Je me permis de placer une main dans son dos pour la guider mais aussi pour la rassurer, en lui faisant comprendre que je ne la laissais pas seule. Nous entrâmes dans la vaste cuisine toute équipée, avec au centre, une grande table déjà occupée par les membres de ma Meute. Dès qu'ils nous virent, tous les regards se tournèrent vers nous, tandis que les conversations s'interrompaient. Seule Mme Thomas vint immédiatement prendre Luna dans ses bras dès qu'elle la vit.

— Oh, ma petite Luna. Tu es enfin réveillée. Je me faisais tellement de soucis pour toi, lui dit-elle d'une voix tremblante, en l'étreignant.

— Je vais bien, ne vous inquiétez pas pour moi, la rassura Luna.

— Viens je vais faire les présentations, lui dis-je en lui prenant doucement le bras pour la replacer près de moi. Comme vous le savez, nous avons des invitées parmi nous. Et je voudrais vous présenter officiellement Luna, même si plusieurs d'entre vous la connaisse déjà. Elle vient de nous rejoindre alors allez-y doucement avec elle, les avertis-je sérieusement. Luna, dis-je en me tournant vers elle avant de lui présenter chaque personne de la main et en lui indiquant leur fonction au sein de la Meute. Tu te souviens d'Ethan, mon Bêta et de Denis, mon premier Lieutenant ; Ici tu as Clay, Nolan et Lenny qui sont mes Lieutenants. Il ne manque que Aaron qui est de garde au portail ; ensuite tu as Kris notre informaticien, Harmony notre infirmière et guérisseuse, Jada, Jenna notre fabuleuse cuisinière en chef, à côté d'elle son compagnon Evan et leur fille de cinq ans Millie qui est assise sur ses genoux ; tu connais également Cassy et Ivy nos sœurs siamoises, ainsi que Tessa qui est avec son compagnon Bryan et leur fille Brianna qui a 6 ans ; et bien sûr, Brendon et Emery.

Une pointe de fierté monta en moi lorsque je vis tous mes camarades lui faire un signe de tête ou un geste de la main à la mention de leur prénom, en lui offrant des sourires sincères, à l'exception de Jada, bien sûr, qui lui adressa un regard noir. Sinon tous lui souhaitèrent la bienvenue parmi eux.

Je l'installai à table en prenant place juste à côté d'elle. Mme Thomas et Jenna s'empressèrent de nous servir et déposèrent des assiettes bien garnies devant nous. La délicieuse odeur qui s'en échappait me fit saliver d'avance. Les discussions reprirent joyeusement autour de nous. J'attaquai mon repas tout en jetant un rapide coup d'œil à ma voisine de table pour m'assurer que tout allait bien. Cependant, je suspendis mon geste, alors que ma respiration se bloquait dans mes poumons devant le spectacle qu'elle m'offrait. Elle dévorait son assiette, littéralement affamée, en gémissant de bonheur. Elle l'avala en un temps record et se lécha les doigts avant de passer sa langue sur ses lèvres. Elle releva ensuite la tête vers moi en se statufiant immédiatement. Je me trouvais à quelques centimètres à peine d'elle, sans en avoir pris conscience. Je la transperçai du regard, les yeux plissés certainement avec une expression brûlante et sauvage inscrite sur mon visage. Un feu liquide courait dans mes veines, de plus en plus intense, au fur et à mesure que mon désir grimpait.

Mon corps était immobile et crispé. À cet instant précis, ce n'était plus mon assiette que je voulais manger, mais bien cette petite femelle sexy que j'avais envie de « dévorer ». Je la vis déglutir difficilement et se tortiller sur sa chaise tandis que l'air nous entourant se saturer de tension sexuelle. Dans mon champ de vision, je découvris que tous mes camarades nous dévisageaient avec des grands sourires et des yeux rieurs. Néanmoins, Mme Thomas coupa court à cet échange intense, de manière trop innocente pour être vrai.

> — Tout va bien ma petite Luna ? Tu as encore faim ? lui demanda-t-elle en souriant.
> — Non merci. C'était délicieux, lui répondit Luna d'une petite voix, en se mettant à rougir vivement tout en baissant la tête sur son assiette vide.

Je me penchai un peu plus sur elle pour lui susurrer à l'oreille, que ce n'était pas fini entre elle et moi, lui coupant instantanément le souffle. Toutefois, je me reculai ensuite à contrecœur, le sourire aux lèvres, pour lui laisser reprendre sa respiration. Je fusillai les autres du regard pour mettre un terme à ce spectacle qui les amusait beaucoup.

Juste après le repas, les filles l'entrainèrent pour une visite guidée de notre territoire, tandis que je rejoignis mon bureau avec mes Lieutenants pour notre réunion.

Depuis une bonne heure, nous avions passé en revue les affaires en cours avant de nous intéresser aux derniers évènements.

— Ethan, est-ce que vous avez trouvé une piste sur l'intrus ? demandai-je à mon Bêta en me tournant vers lui.

— On a découvert qu'en fait ils étaient deux. Mais ils avaient la même puanteur.

— Ils se sont aspergés d'un produit pour masquer leurs odeurs, compris-je immédiatement.

— C'est ce qu'on pense en effet, confirma Lenny.

— En remontant leurs traces, on en a déduit que le sniper attendait patiemment que son complice face sortir Luna, pour lui tirer dessus, expliqua Ethan, le visage fermé.

— Ils se sont échappés en voiture. On a retrouvé des empreintes de pneus fraîches un peu plus loin, sur le bas-côté de la route, ajouta Lenny.

— Putain, ils avaient tout prévu, grondai-je furieux en me levant d'un bon pour faire les cent pas.

— Il semblerait, confirma Ethan en m'observant.

— Est-ce que vous vous êtes posé la question, à savoir que c'était peut-être Luna qui était visée ? voulut savoir Denis en nous interrogeant du regard.

— J'y ai pensé aussi mais j'ai vite écarté cette idée, répondit Ethan, pensif.

— Moi aussi, dis-je en me rasseyant. C'est une trop grande coïncidence que la propriété de Mme Thomas soit visitée après la visite de cet acheteur inconnu.

Nous restâmes un instant silencieux, perdus dans nos réflexions.

— Est-ce que tu sais ce qu'elle est ? me demanda Lenny après une brève hésitation.

— Non, je n'en ai aucune idée, soupirai-je. Je n'ai jamais rien vu de tel, ou même entendu parler de quoi que ce soit y ressemblant. Et je suis persuadé que nous ne sommes pas au bout de nos surprises la concernant.

— Ce qu'on a vu, c'était vraiment ... commença Lenny, avec un air stupéfait.

— Spécial et inédit, finit Ethan, émerveillé lui-aussi.

— Oui. Moi aussi c'était la première fois que je voyais une chose pareille, avouai-je fasciné. Je comprends mieux son comportement à présent.

— Qu'est-ce que tu veux dire ? me demanda Denis, curieux en fronçant les sourcils.

— Sa façon de fuir les autres en permanence et de ne jamais se lier à personne. Et il y aussi la discussion que j'ai eue avec elle tout à l'heure qui prend tout son sens maintenant. J'ai la certitude qu'elle se cache. Elle m'a laissé entendre que cela pouvait être dangereux pour elle et pour son entourage. C'est pour cette raison qu'elle ne laisse jamais personne l'approcher, affirmai-je sombrement.

— Oui, je pense que tu as raison. J'ai l'impression que cette petite femelle a déjà vécu des choses bien difficiles pour un si jeune âge, constata Ethan en soupirant.

— Je le pense aussi, malheureusement, approuvai-je d'une voix triste, mon Loup grognant à la simple idée que quelqu'un lui ait fait du mal.

Je me raidis lorsque je perçus une grande agitation et beaucoup de tristesse par mon lien de Meute. Je me tournai rapidement vers Aaron quand je compris que ces émotions venaient de lui. Je m'aperçus, après coup, qu'il n'avait pas ouvert la bouche depuis un bon moment. Il avait la tête baissée et le corps crispé, me confirmant que quelque chose n'allait pas. Lenny, son frère de cœur, dut le sentir également puisqu'il le dévisageait d'un air inquiet. Voyant mon expression soucieuse, Ethan et Denis suivirent mon regard et se tournèrent eux-aussi vers lui.

— Aaron, l'appelai-je. Je sens ton agitation et celle de ton Puma. Qu'est-ce qui ne vas pas ?

Il releva la tête et me regarda avec une lueur de souffrance.

— Tu peux nous parler, Aaron. Quoi qu'il se passe, tu sais que nous sommes là pour toi, l'encouragea mon meilleur ami.
— Je crois que je connais déjà Luna, lâcha-t-il après une profonde inspiration.
— Tu la connais ? répétai-je surpris.
— Je crois qu'elle était à l'orphelinat avec moi, souffla-t-il en fermant les yeux.

Je restai sans voix. Lenny se rapprocha immédiatement de lui et mis une main sur son épaule en guise de soutien. Je savais que c'était une période de leur vie difficile pour tous les deux. C'était dans cet endroit qu'ils s'étaient connus pour ne plus jamais se quitter. Depuis ils partageaient absolument tous les aspects de leur quotidien jusqu'à leur chalet (même les femelles qu'ils fréquentaient, bien que ça ne me regardait pas). Je ne connaissais pas tous les détails de leur passé, mais ce qu'ils avaient vécu là-bas avait été très dur pour eux.

— Je ne veux pas raviver de mauvais souvenirs pour toi mais, est-ce que tu peux nous en dire un peu plus ? Tu n'es pas obligé de rentrer dans les détails, juste les grandes lignes suffiront, lui demandai-je gentiment.

— Mes parents m'ont abandonné à l'orphelinat quand j'avais dix ans. C'était après avoir découvert que je n'étais pas comme les autres, que j'avais un don, ou plutôt une malédiction selon eux. Je ne contrôlais pas encore mon pouvoir à cette époque-là, du coup, j'étais sans arrêt assailli par les émotions des autres et cela me rendait hyper émotif et impulsif. Cela a été encore pire une fois dans cet ... endroit. Mais une petite fille m'a sauvée, nous expliqua-t-il d'une voix tremblante. Je ne sais pas vraiment comment elle s'y prenait, mais dès qu'elle était près de moi, je me sentais tout de suite mieux. Elle me câlinait et m'apaisait alors qu'elle était beaucoup plus jeune que moi et qu'elle-même souffrait énormément. Parfois, les surveillants venaient la chercher et elle restait absente plusieurs jours. Quand elle revenait, elle était souvent malade ou bien ... recouverte d'ecchymoses. Puis un jour, elle a définitivement disparu. Lenny est arrivé et on ne s'est plus jamais séparé après ça. Plus tard, à l'âge adulte, j'ai essayé de la retrouver, mais sans succès. C'était comme si elle n'avait jamais existé. Il n'y avait aucune trace d'elle nulle part.

— Et qu'est-ce qui te fait croire que Luna serait cette petite fille ? lui demanda doucement Denis.

— Ses yeux, répondit-il immédiatement. Son odeur me rappelait vaguement quelque chose, mais ses yeux ... je les avais déjà vus. Et là, j'ai su que c'était elle. Et maintenant, je ne sais plus quoi faire. Elle n'a pas l'air de souvenir de moi et, je ne veux pas lui rappeler de mauvaises choses, avoua-t-il avec une expression torturée, en plongeant son visage dans ses mains.

— Je crois que c'est à toi de décider ce qui est le mieux, lui dis-je. Mais je pense sincèrement que tu devrais lui parler. Ce n'est pas bon de garder tout ça au fond de toi. Mais quel que soit ton choix, n'oublie pas que nous sommes là.

— Merci, me dit-il en m'adressant un signe de tête, reconnaissant.

Je mis rapidement fin à la réunion et soufflai de soulagement lorsque je me retrouvai enfin seul. Toutes ces informations me confortaient dans mon raisonnement concernant Luna. Cela renforça encore plus ma décision de la protéger et de prendre soin d'elle. J'espérais seulement qu'elle me laisserait faire et qu'elle ne déciderait pas de s'enfuir.

Chapitre 9

Luna

Postée derrière la grande baie vitrée du grand salon de la villa, mon regard se perdit vers l'extérieur. Les bois environnants m'appelaient plus que jamais. J'avais un besoin urgent de m'immerger dans la nature pour me ressourcer et m'apaiser.

Même si l'après-midi fut agréable, je n'y tenais plus. Les membres de la Meute Opale s'étaient réunis ici en début de soirée, pour partager un bon moment ensemble et se détendre. Mais pour ma part, ce n'était pas le cas. Il y avait trop de monde autour de moi, trop de bruits, trop d'auras qui m'assaillaient, trop d'énergies à canaliser. J'étais tellement habituée à être seule, que ce moment qui devait être conviviale me rendait, à l'inverse, très nerveuse. Je me sentais agressée de toutes parts. De ce fait, je m'isolais de plus en plus, pour essayer de mieux respirer.

Cependant, tout n'était pas négatif. Aujourd'hui j'avais fait une découverte qui m'avait plus que surprise. En apprenant à mieux connaître les membres de la Meute au fil des heures, j'avais décelé une chose incroyable, même pour moi. Outre le fait que tous m'avaient accueilli à bras ouverts, grâce à mes dons particuliers, j'avais constaté que la Meute Opale se composait de plusieurs espèces de métamorphes différentes. J'avais repéré une majorité de loups mais aussi un jaguar, deux pumas, une panthère, et bien sûr les deux chats siamois que je connaissais déjà. C'était assez rare, voir improbable, que plusieurs espèces se mélangent entre elles. J'en étais même venue à me demander pourquoi et comment ils avaient intégré cette Meute. J'avais rapidement sondé leurs âmes, pas pour m'immiscer dans leurs vies privées, mais juste pour déceler une éventuelle menace. Excepté celle de Jada qui, de toute évidence, était mauvaise et sournoise, je n'avais perçu aucun autre danger imminent. Autre chose m'avait surprise également, j'avais détecté, chez certains, de la magie. Sans savoir de quelle origine exactement, il était évident que certains d'entre eux possédaient des dons. Cette révélation m'avait quelque peu soulagée. Je devais bien m'avouer que je me sentais moins seule face à mes différences.

En revanche, un autre problème surgit dans mes pensées. Les filles m'avaient informé, un peu plus tôt, que Mme Thomas allait définitivement emménager à la villa avec la Meute. En conséquence, je n'allais plus lui être d'aucune utilité. En la regardant, je ne pus que constater à quel point elle semblait heureuse. Elle rayonnait. Confortablement installée dans un fauteuil, elle était entourée par les filles qui papotaient joyeusement autour d'elle. Un grand sourire s'étirait sur son visage. Une petite pointe de jalousie m'étreignit la poitrine en constatant que j'étais si vite remplaçable. Cependant, j'étais tout de même très heureuse pour elle. La Meute Opale formait une véritable famille unie mais, malheureusement, je n'en faisais pas partie. La tristesse m'envahit et je me sentis encore plus mal. Je reportai mon regard vers l'extérieur, encore plus désireuse de m'enfuir vers le seul réconfort que je connaissais. Destiny s'agitait, elle-aussi, et me poussait à m'éloigner de ce qui me rendait malheureuse.

Après quelques minutes, ne résistant plus à la tentation, je me faufilai par la baie vitrée entrouverte, sans attirer l'attention sur moi. Dès que je me retrouvai dehors, je m'éloignai rapidement de quelques mètres. Je ralentis le pas une fois que le silence se fit enfin autour de moi. Je me détendis doucement en respirant à pleins poumons. Toutefois, ce fut de courte durée et je me raidis de nouveau lorsque je ressentis une menace dans mon esprit. Je fis volte-face pour découvrir la personne qui m'avait suivie. Je reconnus immédiatement Jada qui s'avançait dans ma direction, d'un air mauvais, sans me quitter du regard. Je plissai mes yeux en la dévisageant quand je sentis sa Louve, sous la surface, qui voulait me défier, et qui n'avait qu'une seule envie : m'étriper. Mon sang commença à bouillonner dans mes veines puis mes yeux se brouillèrent, signes de ma transformation imminente. Je pris une grande inspiration pour garder le contrôle de moi-même alors que Destiny restait aux aguets, prête à l'attaque. Mon anxiété augmenta car je savais que je ne devais surtout pas me dévoiler à cette personne.

« *Ne t'enflamme pas, ne t'enflamme pas devant elle* » me répétai-je en attendant ce qui allait sortir de sa bouche immonde.

— Tu ne devrais pas rester ici, tu le sais n'est-ce pas ? me dit-elle avec un sourire vicieux. Tu ne feras jamais partie de notre Meute.

— Je ne vois pas en quoi ça te concerne. Et si tu en es tellement persuadée, pourquoi venir me trouver dans ce cas ? lui demandai-je sèchement.

— Oh, je voulais juste être sûre que tu le savais. Je sais bien qu'Asher a eu pitié de toi en te ramenant ici, mais bon, tu devrais rapidement reprendre ta route. Tu n'as pas ta place parmi nous, me dit-elle, sûre d'elle.

— Ouais, si tu le dis, répondis-je impassible.

— Oui, je peux l'affirmer. En plus, ce n'est pas bien ce que tu fais. Ça me fait beaucoup de mal, à moi ainsi qu'à ma Louve, me dit-elle en plaçant sa main sur son cœur, dans un geste théâtral.

— Hum, et tu peux m'expliquer ce que je fais exactement ? l'interrogeai-je septique.

— J'ai bien vu ton petit numéro dans la cuisine, ce midi, avec Asher. Je suis désolée de te le dire, mais tu n'as aucune chance. Je vais même te faire une confidence. Ne dis rien à personne parce qu'il ne l'a pas encore compris, mais je suis … son âme sœur, me balança-t-elle avec un grand sourire. Il est mien, il m'appartient donc tu ne devrais pas te mettre entre nous de cette manière, me réprimanda-t-elle.

Je la regardai sous le choc, les yeux écarquillés, en laissant mes bras retomber le long de mon corps. Ma conscience avait beau me souffler que tout était faux, Destiny se mit à rugir à l'intérieur de moi pour se ruer sur cette garce. Tout comme moi, ma part animale ne supportait pas les dires de cette Louve. Je ne savais pas pourquoi nous réagissions si violemment alors que nous nous contrôlions toujours d'habitude. Je sentis une pression intense monter en moi, comme un raz-de-marée. Je ne pus m'empêcher de grogner en guise d'avertissement. Je me mis à trembler sous l'effort acharné que je déployais pour nous contenir. Je savais que je ne pourrais pas tenir longtemps dans cet état. Jada dut sentir la menace imminente puisqu'elle recula avec des yeux grands ouverts de surprise face à ma fureur. Heureusement pour moi, enfin surtout pour elle, nous fûmes interrompues par un grognement menaçant. Dans mon champ de vision, je reconnus Aaron, un des Lieutenants, qui s'approcha de nous d'un bon pas en jetant un regard noir en direction de Jada.

— Jada, qu'est-ce que tu fais ici avec Luna ? lui lança-t-il hargneusement, ce qui la fit reculer encore de plusieurs pas en baissant la tête en guise de soumission.

— Rien, je voulais juste ... dit-elle d'une voix tremblante avant d'être coupée par Aaron.

— Ne me raconte pas de conneries, tu sais très bien que je ressens les émotions. Tu as dû être vraiment odieuse comme à ton habitude, pour que je ressente à ce point la colère de Luna, lui dit-il en étrécissant les yeux de colère. Tu as intérêt à dégager rapidement avant que j'appelle Asher.

Je la vis écarquiller les yeux puis lui lancer un regard mauvais, avant de faire volte-face et de s'éloigner pratiquement en courant. Je fus tellement surprise de ce qui venait de se passer que, sans le vouloir, j'avais eu la faiblesse de baisser ma garde un instant. Destiny en profita pour essayer d'émerger pour chasser Jada, qu'elle considérait comme sa proie. Je grondai méchamment et me pliai en deux en enroulant mes bras autour de ma taille pour essayer de reprendre le contrôle et canaliser ma douleur.

— Luna, m'interpela doucement Aaron. Elle est partie, ça va aller maintenant. Respire tranquillement, la puce. Regarde-moi, tout va bien.

Je relevai la tête pour poser mon regard dans le sien. Je fis ce qu'il me disait et respirai par petites bouffées d'air, pour me calmer. Il me fallut un moment mais ma respiration ralentit peu à peu, tandis que ma douleur reflua.

— Ça va mieux ? me demanda-t-il inquiet.
— Oui, répondis-je d'une voix rauque. Merci.
— De rien, me sourit-il. Tu es sûr que ça va ?
— Oui, c'est bon, dis-je après m'être raclée la gorge.

Je balayai rapidement les lieux puis me concentrai de nouveau sur Aaron qui me dévisageait, les sourcils froncés, l'air ailleurs.

— Je suis désolé. Je ne voulais pas m'imposer mais j'ai ressenti ta colère et je n'ai pas pu m'empêcher d'intervenir, me confia-t-il.

Je l'observai un instant avec curiosité. Destiny se redressa également, en alerte, comme si elle savait quelque chose que j'ignorais. Je me permis de l'analyser pour repérer une éventuelle menace, mais j'écarquillai les yeux de surprise, en découvrant son aura.

— Tu es ... commençai-je avant de m'interrompre subitement, en secouant la tête, confuse.
— Oui. Moi aussi je suis différent. Je ressens les émotions des autres. C'est un don mais aussi une malédiction, grimaça-t-il en haussant les épaules.

Je lui offris un petit sourire compréhensif. J'inspirai profondément et penchai la tête sur le côté en l'observant plus attentivement.

— Pourquoi es-tu si triste toi aussi ? chuchotai-je sans m'en rendre compte.

Il me regarda abasourdi. Je le vis ouvrir et refermer la bouche à plusieurs reprises. Je m'en voulu tout de suite de le mettre aussi mal à l'aise. J'allais m'excuser mais il inspira profondément pour enfin prendre la parole.

— Il y a longtemps, j'ai perdu une personne très importante pour moi et mon Puma. Je ne sais pas si je l'ai vraiment retrouvé. Mon Puma ne supporte plus cette incertitude.

Instinctivement, je m'approchai de lui pour placer ma main sur son cœur. Quelque chose en lui me paraissait familier sans pouvoir l'identifier. Confuse, je me connectai à son Puma que je sentis tout près de la surface et qui me réclamait un contact. Des souvenirs flous remontèrent instantanément dans mon esprit, me coupant le souffle. Je chancelai d'étonnement alors qu'Aaron s'empressa de me stabiliser en me maintenant par les hanches. Un grondement féroce nous fit tous les deux sursauter. Je clignai des yeux en reculant précipitamment d'un pas, sur mes gardes. En me tournant vers la source, je restai bouche-bée en découvrant un Asher furieux, les poings serrés, les mâchoires crispées et les crocs sortis. Il se tenait dans une posture menaçante. Son corps était tendu à l'extrême, et ses yeux noirs nous fusillaient sur place. Après un énième grognement qui me fit frissonner de la tête aux pieds, il fit volte-face en direction des bois, où plusieurs des membres de la Meute semblaient l'attendre. Je restai figée un instant sur l'endroit où il avait disparu, en me laissant dans l'incompréhension la plus totale. Je reportai ensuite mon attention sur Aaron qui me souriait avec affection.

— Je crois que notre Alpha et son Loup sont très possessif envers toi, me dit-il gaiement.

Je secouai la tête en n'y comprenant rien et revins à ce que je venais de découvrir avant cette interruption.

— Aaron, ton Puma et toi ... je vous connais, n'est-ce pas ? hésitai-je, perdue.
— L'as-tu reconnu ? s'enquit-il avec espoir.
— Je ... il me semble ... familier, bafouillai-je.
— D'où viens-tu Luna ?

— Je ne me rappelle pas, soufflai-je.
— Est-ce que tu te souviens du nom de mon Puma ?
— Je crois ... Drogo ?
— Oui, souffla-t-il avec un petit sourire.
— Mais comment ... ?
— Nous nous sommes connus enfants. À l'orphelinat. On veillait toujours l'un sur l'autre comme un frère avec sa petite sœur. Tu ne t'en souviens pas ?
— Non, je n'ai plus aucuns souvenirs de mon enfance. Destiny a fait en sorte que je ne me souvienne pas, pour me protéger, lâchai-je trop vite.

Je retins ma respiration quand je m'aperçus que je venais de lui dire le nom de mon âme animale.

— Ne t'inquiète pas. Je le connaissais déjà et je te promets de ne jamais le dévoiler à qui que ce soit, m'informa-t-il, comme s'il avait lu dans mes pensées.
— C'est de moi que tu parlais tout à l'heure ? lui demandai-je doucement.
— Oui. Si tu savais à quel point je suis heureux de t'avoir retrouvé. Je t'ai longtemps cherché, malheureusement, sans résultats, m'avoua-t-il avec tristesse.
— Je suis désolée de ne plus me souvenir, lâchai-je en me sentant coupable. Certaines sensations me sont revenues, mais rien de plus.
— Ce n'est rien et c'est déjà beaucoup. Et puis maintenant, nous allons pouvoir réapprendre

à nous connaître. Mais pour le moment, je pense que tu devrais aller te reposer. J'ai le sentiment que tu en as bien besoin après cette longue journée, me dit-il en fronçant les sourcils, soucieux.

— Oui, je ne me sens pas très bien, lui avouai-je. Merci.

— Ne me remercie pas. Et sache que je suis là si tu as besoin de quoi que ce soit, me dit-il en me couvant d'un regard bienveillant.

Ma gorge se serra d'émotion, m'empêchant de lui répondre. Alors, après lui avoir adressé un petit sourire reconnaissant, je me détournai et pris la direction des bois. Je devais admettre que c'était assez perturbant de se retrouver face à une personne qui pouvait déchiffrer vos émotions, tout comme moi, même si nous n'avions pas exactement la même façon de faire. Je décidai de mettre tout cela de côté pour le moment et de profiter du calme des lieux pour enfin me ressourcer.

Chapitre 10

Asher

De retour de notre promenade, nous nous dirigeâmes vers la cuisine pour savourer un délicieux repas bien mérité. Mais malgré notre sortie improvisée sous notre forme animale, je restais ébranlé par les derniers évènements de la journée.

Dans la soirée, j'avais rejoint mes camarades, dans le grand salon de la villa, pour leur proposer une sortie en Meute, afin de libérer nos animaux intérieurs. J'avais d'abord été surpris, voir inquiet, de ne pas trouver Luna. Heureusement, j'avais vite repéré son odeur à l'extérieur. Je n'en revenais toujours pas de mon attitude. Entre la scène de la cuisine qui se rejouait en boucle dans ma tête. J'avais lutté de toutes mes forces pour garder mon self-control et ne pas lui sauter dessus devant mes camarades de Meute. Cette tension allait me tuer, ce n'était pas possible autrement. Puis, je l'avais aperçu aux côtés d'Aaron lorsque nous nous dirigions vers les bois. Mais dès que mes yeux s'étaient posés sur eux, mon sang s'était mis à bouillir et j'avais serré fort les dents pour ne pas intervenir. Alors, quand il avait posé ses mains sur sa taille fine, mon Loup avait voulu l'égorger sans sommations. Pourtant, je savais bien qu'Aaron n'avait pas ce genre de sentiments pour elle, qu'il la considérait seulement comme une petite sœur, mais bon, cela ne m'avait pas apaisé pour autant. Mon comportement m'avait pris au dépourvu, néanmoins, ce n'était que maintenant que je comprenais mieux pourquoi. Je m'étais rapidement éloigné, avant que mon Loup ne prenne les commandes et ne fasse quelque chose que nous pourrions regretter. Une fois sûr que je m'étais assez éloigné, je l'avais laissé émerger. Il avait exprimé sa colère en détruisant tout sur son passage. Concernant son tempérament explosif, je n'en avais pas été étonné. Le véritable choc s'était produit lorsque le mot « mienne » avait résonné plusieurs fois dans mon esprit. Il l'avait réclamé, il voulait la revendiquer. Je devais me rendre à l'évidence, Luna était notre âme sœur. Elle était faite pour nous. Cette petite femelle était « mienne ». Depuis, j'essayais toujours d'assimiler ce fait. En y repensant, je devais bien avouer que mes réactions et celle de mon Loup auraient dû me mettre sur la voie. Seulement, je ne savais pas quoi en penser, ni quoi faire à présent. Je n'avais jamais aspiré à me caser, mais Luna était différente et unique. C'était indéniable, elle m'attirait bien plus que ce que je ne le voulais, et j'étais certain que cela ne venait pas uniquement de notre lien d'union. D'un sens, je me sentais même fier qu'elle me soit destinée. Étonnamment, je ne flippais pas autant que je l'aurais cru dans cette situation. Même mon Loup avait l'air satisfait d'avoir trouvé sa compagne et s'impatientait de faire plus ample connaissance avec elle. En revanche, j'appréhendais la réaction de Luna lorsqu'elle découvrirait notre lien. Je pris conscience que j'allais devoir prendre rapidement des décisions importantes.

En arrivant dans la cuisine, je la cherchai immédiatement du regard, sans résultats. Je constatai également l'absence d'Aaron à table.

— Où sont Luna et Aaron ? demandai-je d'une voix grave en sentant une certaine tension monter en moi.

— Je ne sais pas, me répondit Jenna en regardant les autres, qui me confirmèrent la même chose.

— Oh, ils doivent certainement prendre du bon temps ensemble, me lança Jada, mauvaise, avec un air satisfait sur le visage. On devrait faire pareil si ça te tente. De toute façon, elle n'a pas besoin que tu t'inquiètes pour elle. Bientôt elle repartira puisqu'elle n'a rien à faire dans notre Meute.

Je la dévisageai, hors de moi, et entendis plusieurs jurons furieux et exaspérés, de la part de mes camarades qui l'assassinèrent du regard. Je ne pus que constater que ma femelle était déjà très appréciée par la Meute, ce qui me réchauffa instantanément de l'intérieur.

— Bah quoi ? Je ne dis que la vérité. Elle n'a pas sa place ici, cracha Jada avec un air hautain, en balayant la pièce du regard, pour s'adresser à tout le monde.

Je plissai les yeux en la regardant plus attentivement, n'appréciant pas beaucoup le mauvais pressentiment qui me prit soudain aux tripes.

— Reste à ta place et ferme-la, Jada, l'avertis-je en grondant férocement.

Elle baissa immédiatement la tête en la rentrant dans ses épaules, tandis que je me détournai ne voulant plus perdre mon temps avec elle.

— Je vais les chercher, décrétai-je en sortant à grands pas de la cuisine.

En passant devant le grand salon, je trouvai Aaron, debout devant la baie vitrée, les bras croisés sur son torse, le regard perdu dans le vague tourné vers l'extérieur. Je soufflai malgré moi de soulagement en constatant qu'il était seul. Cependant, l'inquiétude me gagna de nouveau lorsque je ressentis son agitation par notre lien de Meute.

— Aaron ? Est-ce que tout va bien ? Où est Luna ? lui demandai-je en le rejoignant.

Je le vis sursauter avant de se retourner vers moi.

— Oui, ça va, me répondit-il en soupirant. J'avais raison Asher, c'était bien elle. Même si elle ne se souvient plus de son enfance.
— Comment ça ? lui demandai-je surpris. Et comment es-tu sûr que c'est bien elle dans ce cas ?
— Apparemment, son animal intérieur a fait en sorte de masquer ses mauvais souvenirs d'enfance pour la protéger. Mais tout à l'heure, lorsque j'étais près d'elle, certaines choses lui

sont revenues et elle m'a reconnu, même si c'était un peu flou pour elle.

— C'est une bonne chose alors. Mais pourquoi je sens encore tant d'agitation en toi dans ce cas ?

Il inspira profondément en fermant les yeux, avant de me regarder de nouveau et de reprendre la parole.

— Je suis très heureux de l'avoir enfin retrouvé, mais je ne souhaite absolument pas la perturber ou lui rappeler de pénibles souvenirs, me souffla-t-il, malheureux.

— Je comprends. Je pense cependant que c'est certainement le destin qui l'a mise sur notre route. Tu ne dois pas te sentir coupable, c'est ainsi et c'est tout. Laisse faire les choses et tu verras bien où cela va te mener, lui dis-je, bien que mon conseil fût plus pour moi-même que pour lui.

Malgré mes paroles, des piques me transpercèrent la poitrine en constatant toute l'affection qu'il lui portait. Mon Loup grogna et montra les crocs rien qu'en imaginant un autre mâle s'approchant de notre femelle.

— As-tu l'intention de bientôt lui dire que vous êtes âmes sœurs ? me demanda-t-il, en me sortant de mes pensées.

Je le regardai surpris avant de me rappeler qu'il devait certainement ressentir toutes les émotions contradictoires qui se bousculaient en moi.

— Je ne sais pas encore, soupirai-je ne sachant pas quoi ajouter d'autre.

— Eh bien, tu pourrais peut-être commencer par apprendre à la connaître et surtout essayer de l'apprivoiser. Laisse faire les choses et tu verras bien où cela va vous mener, me suggéra-t-il en reprenant mes paroles, avec un petit sourire en coin.

— Ouais, grognai-je en souriant à mon tour, amusé par sa répartie. Où est-elle ?

— Elle ne se sentait pas très bien, elle est partie se promener dans les bois.

— Elle n'allait pas bien ? lui demandai-je immédiatement inquiet.

— Je crois que la journée a été dure pour elle. Et l'altercation qu'elle a eu avec Jada n'a pas arrangée les choses. Ne t'inquiète pas je suis intervenu, reprit-il en me voyant gronder de colère. Mais tu devrais tout de même aller vérifier qu'elle va bien.

— Tu m'expliqueras ce qui s'est passé plus tard. Je vais la retrouver pour voir si tout va bien, lançai-je en me retournant déjà, pour me diriger vers les bois proches.

Je n'attendis pas sa réponse, la seule chose qui m'importait à cet instant, était de retrouver ma femelle. Mes instincts s'éveillèrent et j'inspirai profondément pour repérer son odeur. Même si elle était ténue, ce ne fut pas un problème pour suivre sa trace. Plus j'avançais, plus je me surpris à constater que je me dirigeais vers mon chalet privé. J'en fis le tour sans bruits, jusqu'à m'arrêter devant ma pergola. Ce fut à ce moment-là que je la vis. Elle était recroquevillée sous mon plaid en position fœtale, profondément endormie. Le soulagement m'envahit immédiatement. Je souris à l'idée qu'elle se soit réfugiée chez moi, plutôt qu'à un autre endroit. Je m'assis sur la table basse en face d'elle, et pris un instant pour la contempler à ma guise. Je ne savais pas depuis combien de temps je la scrutais, mais je devins soucieux lorsque son expression et sa respiration changèrent. Ses sourcils se froncèrent et elle se mit à remuer dans son sommeil. Inconsciemment, ma main se posa sur sa joue et mes doigts se mirent à caresser sa peau douce.

— Luna, ma belle. Réveille-toi, lui intimai-je.
— Non, lâchez-moi, cria-t-elle en s'asseyant d'un bond en ouvrant les yeux, le souffle court.
— Eh, tout va bien. Tu es en sécurité, Luna, lui dis-je d'une voix plus forte.

Je scrutai attentivement la moindre de ses expressions alors que sa respiration était haletante. Elle regarda partout autour d'elle, comme si elle était complètement perdue et qu'elle se demandait où elle se trouvait. Puis son regard tomba enfin dans le mien. Mon cœur se serra lorsque je vis des larmes dévaler ses joues pâles avant qu'elle ne les essuie d'un geste brusque, avec sa manche. Ne supportant pas de la voir ainsi, sans un mot, je me levai et vins m'assoir à ses côtés. J'enroulai mes bras autour de son corps tremblant, tout en m'enfonçant dans le dossier du canapé, la faisant suivre le mouvement. Je la serrai contre moi afin de la réconforter. Je la sentis d'abord se crisper, toutefois, elle se détendit rapidement dans mon étreinte en soupirant d'aise. Elle s'agrippa à mon tee-shirt avec ses petits poings serrés. Je nous fis pivoter et l'entraînai avec moi, en m'allongeant plus confortablement contre les coussins. Son corps reposait en grande partie sur le mien. Je sentis son souffle chaud dans mon cou lorsqu'elle cala sa tête au creux de mon épaule. Je dus faire un effort monumental pour ne pas penser à ses délicieuses courbes plaquées contre mon corps, sans compter les frissons qui courraient sur ma peau à chaque fois que son petit nez frôlait mon cou. Ma seule préoccupation du moment était son bien-être et le réconfort que je pouvais lui apporter. Je perçus les battements de son cœur se calmer peu à peu, ce qui me fit soupirer de soulagement. Mon Loup remonta à la surface pour se frotter contre elle pour la rassurer lui-aussi. Je ne pus me retenir de frotter ma joue contre le haut de sa tête, alors que ma main caressait doucement ses longs cheveux soyeux.

— Ça va mieux ? lui demandai-je tout bas, au bout d'un long moment.
— Oui, merci. C'était juste un cauchemar, chuchota-t-elle.
— Il m'avait l'air un peu trop réel pourtant, marmonnai-je.
— Ouais, lâcha-t-elle d'une voix tremblante, me faisant comprendre que c'était effectivement le cas.

Je resserrai instinctivement mon étreinte autour d'elle, comme pour la protéger d'une éventuelle menace.

— Je suis désolée d'avoir empiété sur ton espace personnel, me souffla-t-elle après un long moment. C'est juste que je ne savais pas où aller et j'étais tellement fatiguée... Et je ne sais pas pourquoi mais ... ton odeur me rassure. Je me sens en sécurité ici, m'avoua-t-elle d'une petite voix.

— Tu n'as pas à t'excuser. Ça me fait plaisir que tu te sentes en sécurité chez moi.

J'hésitai à lui faire part de ma découverte et de lui annoncer que nous étions des âmes sœurs. Mon Loup désirait la revendiquer plus que tout, mais pour ma part, je me sentais encore perdu. Cependant, je pris conscience que je devais y aller en douceur avec elle, quoi que je puisse décider. Je ne voulais pas l'effrayer ni la faire fuir, et encore moins la faire souffrir.

Je ne compris pas ce qui se passa ensuite. Luna se redressa d'un bon en regardant partout autour d'elle, aux aguets. Un moment nous partagions un moment tendre et l'instant d'après, je ressentis un danger imminent sans en connaître l'origine. Tout comme moi, mon Loup se mit instantanément, en alerte.

— Luna ?
— Un intrus. Non ... deux, me dit-elle concentrée, le regard lointain.
— Quoi ? Où ça ? lui demandai-je avec urgence, en scrutant les alentours.
— Chez Mme Thomas. Vite, il faut y aller, lança-t-elle en se levant.
— Hors de question. Reste ici, je m'en occupe, décrétai-je en commençant à me déplacer.
— Non, j'y vais aussi, décida-t-elle en m'attrapant le bras pour me stopper.
— Tu ne discutes pas, et obéis. Reste à l'abri ici, lui ordonnai-je de ma voix d'Alpha.

Je fis un pas en arrière lorsque je vis ses yeux s'enflammer. Je vis ensuite sa bouche s'incurver en un petit sourire suffisant qui ne me disait rien qui vaille. Elle recula alors de quelques pas.

— Luna, l'avertis-je. Luna, tu n'as pas intérêt à ...

Je ne pus finir ma phrase puisque je la vis se transformer en un magnifique aigle royal à la couleur de l'or. Il s'en fallut de peu pour que je n'en tombe sur le cul. Et sans me laisser le temps de m'en remettre, elle s'envola en me laissant là, comme un con.

« *Bah merde alors* ... » jurai-je en secouant la tête pour me remettre les idées en place.

Je me bougeai et sortis mon téléphone pour avertir mes troupes. Nous devions absolument aller la rejoindre. Il était hors de question de la laisser se mettre en danger. Elle m'appartenait, personne ne la toucherait.

Chapitre 11

Asher

Dès l'alerte passée, j'avais rapidement retrouvé mes Lieutenants devant la villa. Puis, après une brève explication de la situation, Ethan, Denis, Aaron, Lenny et moi-même avions pris notre forme animale pour nous diriger au plus vite vers la propriété de Mme Thomas.

Sans surprise, nous découvrîmes la maison de notre petite Dame complètement en flammes. Pendant notre course, nous avions bien senti un incendie au loin. Malheureusement, nous en avions maintenant la confirmation. Instinctivement, nos animaux reculèrent en geignant face à la chaleur du brasier. Puis je ressentis l'anxiété d'Aïko, mon Loup, s'ajouter à la mienne, et augmenter de plus en plus en n'apercevant notre femelle nulle part. Il tendit l'oreille puisque son odorat était gêné à cause de la fumée environnante. Il se figea et releva la tête en entendant des cris de douleur, plus loin sur notre gauche. Sans hésitation, nos animaux suivirent les sons jusqu'à se retrouver devant un homme qui gémissait, allongé sur le dos au sol, en essayant de repousser une magnifique Louve qui le surplombait de toute sa hauteur. Ses pattes avant maintenaient sa proie au niveau des épaules, alors que ses puissantes mâchoires lui enserraient la gorge. Tout comme Aïko, je restai stupéfait face à la vision qu'elle donnait. Son pelage était soyeux et lumineux, d'une couleur dorée qui scintillait sous les reflets de la Lune. Sa silhouette fine et délicate n'enlevait en rien sa férocité. Je n'avais aucun doute sur le fait qu'il s'agissait bien de notre femelle, même si je ne comprenais pas encore comment elle pouvait prendre plusieurs formes animales. Cependant, en l'étudiant plus attentivement, je repérai des traînées de sang dans son beau pelage. Aïko voulut immédiatement démembrer la personne qui avait osé la blesser. Il voulait intervenir, mais ne sachant pas comment cette petite Louve allait réagir face à nous, je pris la décision de reprendre forme humaine. Ce ne fut pas chose aisée puisque mon Loup désirait rejoindre sa compagne. Il me fallut tous les efforts du monde pour lui faire accepter de me laisser la main, pour cette fois-ci. Je n'étais d'ailleurs pas certain que cela se reproduirait de sitôt.

— Denis, va chercher des renforts pour éteindre l'incendie, ordonnai-je à mon Premier Lieutenant, bien qu'il fût encore sous sa forme de Jaguar.

Ethan, Aaron et Lenny me rejoignirent après s'être retransformés, eux-aussi.

— Elle est blessée mais ça n'a pas l'air trop grave, m'informa Aaron d'un air soucieux, alors qu'il devait certainement ressentir la douleur de Luna.

— Je sais. Je vais essayer de lui faire lâcher prise. Préparez-vous à récupérer l'homme, décrétai-je en me tournant vers mes Lieutenants. Ethan, ajoutai-je en le regardant, sécurise les lieux. Selon Luna, ils étaient deux.

Ils acquiescèrent tous les trois puis je me tournai de nouveau vers ma femelle.

— Luna, eh, ma belle, l'interpelai-je d'un ton grave mais calme, sans faire usage de ma voix d'Alpha, pour ne pas l'énerver davantage. Il va falloir que tu le relâches. On a besoin de l'interroger pour en savoir plus.

Étonnamment, mes mots firent écho en elle puisqu'elle relâcha l'homme sans difficultés, non sans l'avoir secoué une dernière fois avant de reculer doucement. Je fis un signe de tête à mes deux Lieutenants, qui comprirent immédiatement, qu'ils devaient passer à l'action. Ils s'empressèrent de ramasser notre prisonnier pour le ramener sur notre territoire. En voyant la Louve me fixer avec intérêt, je m'accroupis sans gestes brusques pour m'assoir en tailleur au sol, et ainsi paraître moins menaçant. Je la vis regarder une dernière fois les hommes qui s'éloignaient, en leur grognant un ultime avertissement. Je ne bougeai pas et attendis de voir ce qu'elle allait faire. Puis, son regard se reporta sur moi. Je la vis hésiter avant de s'avancer à pas lents dans ma direction. Je souris quand elle envahit volontairement mon espace personnel, comme si elle était dans son bon droit, et s'arrêta à quelques centimètres à peine de mon visage.

— Bonjour ma belle. Tu es vraiment magnifique, lui susurrai-je à l'oreille.

Je ne pus m'empêcher de passer doucement mes mains dans son doux pelage unique. Je fus très heureux de constater qu'elle ne reculait pas, et qu'au contraire, elle se mit à frotter tendrement sa joue contre la mienne.

— Je vois que tu aimes bien que je te câline, mais il est temps pour toi de te transformer Luna, lui demandai-je en souriant lorsque je l'entendis renifler et grogner face à ma remarque.

Un instant plus tard, je me retrouvai avec une femme extraordinaire dans mes bras, assise sur mes jambes. Mon self-control se fit carrément la malle en sentant nos deux corps nus serrés l'un contre l'autre. Mes yeux tombèrent d'eux-mêmes sur ses lèvres pulpeuses entrouvertes. Je m'en approchai doucement, irrésistiblement attiré, tout en lui laissant l'occasion de se dérober. Néanmoins, elle ne bougea pas, et sans plus attendre, je déposai mes lèvres sur les siennes. Constatant qu'elle acceptait mon contact, je me permis d'approfondir notre baiser pour goûter sa saveur. Je la sentis hésiter un instant avant d'ouvrir légèrement sa bouche en guise d'invitation silencieuse. Je ne me posai plus de questions et glissai ma main dans sa chevelure, à l'arrière de sa tête, pour la rapprocher encore plus de moi. Je plongeai dans cette étreinte, l'embrassant, la léchant, la dévorant littéralement. Je m'abandonnai totalement dans cet échange intense, alors que l'air autour de nous se chargea d'une délicieuse tension. Le retour à la réalité fut brutal lorsqu'Ethan se racla bruyamment la gorge pour nous signaler sa présence. Je me séparai donc de Luna à contrecœur, tous deux à bout de souffle. Je la fixai, partagé entre la surprise et l'émerveillement, et me noyai encore un instant dans ses yeux magnifiques, dont les pupilles étaient dilatées par son désir.

— Désolé de vous interrompre, s'excusa Ethan d'un air amusé. Asher, je voulais t'informer que le deuxième intrus a réussi à s'échapper. Les renforts sont arrivés, le feu est quasiment métrisé, reprit-il sérieusement.

La gravité de la situation me revint instantanément en mémoire, me faisant l'effet d'une douche glacée.

— Je pense que Luna a également besoin de soins, ajouta-t-il d'un air grave en se détournant.

Je desserrai aussitôt mon étreinte pour balayer son corps à la recherche de ses blessures. Mes yeux s'arrêtèrent sur une grande entaille sur son flanc droit qui saignait encore. Un grognement de rage sortit de mes entrailles, sans que je ne puisse le contenir. Puis une autre émotion m'étreignit la poitrine, à ce moment-là. Un instinct de possessivité me submergea quand je compris qu'Ethan avait aperçu le corps nu de ma femelle. Entre métamorphes la nudité ne posait pas de problèmes en général, mais là tout de suite, je ne supportais pas ce fait. Je me relevai d'un bon en entrainant mon précieux colis dans mes bras, alors qu'un petit cri de surprise lui échappa. Je la remis sur ses pieds et fis immédiatement barrage de mon corps pour la préserver d'un quelconque regard, autre que le mien bien sûr. Elle dut se rendre compte de la situation puisqu'elle s'enroula instantanément dans ses bras pour cacher au mieux certaines parties de son corps, en rougissant.

> — Tenez, on nous a apporté des vêtements. J'ai pensé que ça vous serait utile, nous informa Ethan en me tendant une pile d'habits, sans nous regarder.

Je le remerciai rapidement en m'en emparant. Je tendis à Luna ceux qui lui étaient destinés, même s'ils avaient l'air bien trop grands pour elle, et me détournai pour lui laisser un peu d'intimité. Dès que nous fûmes tous deux habillés, nous reprîmes le chemin de la maison de Mme Thomas. Comme je l'avais imaginé, il n'en restait quasiment plus rien à part des cendres. La seule bonne nouvelle était que le feu ne s'était pas étendu à la végétation proche. Constatant que nous n'étions plus d'aucune utilité sur place, et voyant que Luna tenait sa blessure qui avait l'air douloureuse, je décidai qu'il était grand temps pour la plupart d'entre nous de rentrer à la villa.

Le retour se fit dans un silence pesant. J'étais perdu dans mes pensées, ne sachant pas quoi dire ou quoi penser. À notre arrivée devant la villa, Mme Thomas se précipita pour nous rejoindre. Je devais malheureusement annoncer la mauvaise nouvelle à notre petite Dame, alors qu'elle me regardait encore avec espoir.

— Mme Thomas, je suis sincèrement désolé, nous n'avons rien pu sauver de votre maison, lui annonçai-je avec regrets.

— Oh mon Dieu, sanglota-t-elle en pressant sa main sur sa bouche pour contenir ses pleurs.

— Je suis conscient que c'est une maigre consolation et que ça ne vous rendra pas votre foyer, mais sachez que nous allons tout mettre en œuvre pour retrouver le responsable, lui promis-je en lui pressant gentiment les épaules en signe de soutien. En attendant, je vous le répète, vous êtes la bienvenue parmi nous. Notre maison sera la vôtre aussi longtemps que vous le désirez, même définitivement si vous le souhaitez.

— Merci, me dit-elle en reniflant et en essuyant ses joues inondées de larmes.

— J'ai également pensé à quelque chose pour votre propriété, mais on en reparlera plus tard. Vous devriez aller vous reposer pour le moment. Il est déjà très tard, lui dis-je en laissant retomber mes bras le long de mon corps.

Elle acquiesça d'un petit signe de tête et se retourna pour rejoindre la villa à pas lents. Je me tournai ensuite vers Aaron qui était rentré avec nous, sans m'attarder sur le regard peiné de Luna. Mes émotions étaient trop contradictoires pour l'instant. Notre échange avait été trop intense et elle avait réussi à me faire éprouver quelque chose que je n'avais jamais ressenti avant. Cela me faisait presque peur d'expérimenter des sensations aussi fortes. Elle exacerbait beaucoup de choses en moi, des sentiments que je n'avais jamais souhaités ni désirés, et je ne savais toujours pas si je voulais vraiment choisir cette voie. Alors, même si pour le coup j'étais en complet désaccord avec mon Loup qui lui voulait revendiquer notre compagne, pour l'instant, je décidai qu'il était préférable de prendre mes distances avec notre femelle. Donc, même si cela m'était intolérable, je demandai à Aaron de s'occuper de Luna pour la conduire à l'infirmerie. Malgré son expression surprise et mes instincts qui me hurlaient que c'était à moi de prendre soin d'elle, je me détournai rapidement, sans rien ajouter de plus.

Je rejoignis prestement Ethan et Denis dans le cabanon abandonné qui se trouvait à l'écart sur notre propriété, là où ils retenaient notre prisonnier.

— Tu es déjà là ? m'interrogea Ethan en me voyant arriver. Tu ne devais pas t'occuper de Luna ? me demanda-t-il en fronçant les sourcils.
— Aaron s'en occupe, déclarai-je rapidement, ne voulant pas m'attarder sur le sujet.

Il me dévisagea, pensif, en essayant sûrement de comprendre mon air sombre. Puis soupira tout en secouant la tête, comme s'il venait de comprendre quelque chose qu'il n'approuvait pas. Cependant, je ne lui laissai pas le temps de me livrer le fond de sa pensée.

— Vous l'avez déjà interrogé ? le questionnai-je.
— Denis a commencé, mais notre invité n'a pas l'air très coopératif. Je me suis dit que tu voudrais certainement lui parler toi-même.

— Très bien, allons-y alors ... annonçai-je avec un sourire carnassier inscrit sur mes lèvres.

Il nous fallut un peu moins d'une heure pour obtenir tous les renseignements dont disposait notre prisonnier. Les informations étaient, malgré tout, assez minces. Toutefois, nous disposions maintenant d'un nom pour pouvoir commencer nos recherches. Au vu de l'heure tardive, j'envoyai un rapide message à Kris pour le lui communiquer. Puis, pris d'une certaine lassitude, je clôturai cette longue journée, en allant moi aussi me coucher. Mais cet nuit-là, j'eus beaucoup de mal à m'endormir, malgré la fatigue qui m'écrasait. Toutes mes pensées étaient irrévocablement tournées vers Luna et ce fut la tête emplit de questionnements que je m'assoupis enfin, au bout d'un long moment.

Chapitre 12

Luna

Depuis la dernière attaque, il y avait une semaine de cela, une certaine routine s'était installée dans ma vie chaotique. Malheureusement, la situation ne m'apaisait pas pour autant. Mes émotions étaient complètement chamboulées et je ne savais plus du tout comment faire pour y échapper.

Le baiser intense que j'avais échangé avec Asher, une semaine plus tôt, m'avait bouleversé et me revenait sans arrêt en mémoire. Il ne se doutait certainement pas qu'il m'avait offert mon tout premier. Du coup, vu mon inexpérience dans ce domaine, je me demandais si ce que je ressentais était normal, si on éprouvait toujours cette sensation qui nous parcourait le corps et nous réchauffait de l'intérieur, ou bien si cela résultait uniquement de la forte alchimie entre Asher et moi. Cependant, j'avais vite déchanté à notre retour à la villa. Il m'avait laissé aux bons soins d'Aaron, en lui demandant de s'occuper de moi. Nous étions donc passés par la case infirmerie, puis il m'avait raccompagné jusqu'à ma chambre. Une fois seule, je m'étais sentie perdue. J'étais bien consciente qu'Asher devait certainement avoir beaucoup de choses à gérer alors, que pour ma part, à ce moment-là, je ne souhaitais qu'une seule chose : l'avoir près de moi à mes côtés. Néanmoins, dès le lendemain j'avais vite compris que nous ne ressentions pas la même chose. J'avais rapidement constaté qu'il regrettait probablement ce qu'il s'était passé entre nous. Ce qui s'était confirmé cette dernière semaine. Je ne l'avais croisé que rarement. Et le peu de fois où cela s'était produit, il m'avait carrément ignoré, ne m'adressant ni la parole, ni un seul regard. J'étais convaincue que c'était volontaire de sa part. Il m'avait donné raison lorsque j'avais senti qu'il avait érigé des barrières autour de lui. Cela nous avait profondément blessé, Destiny tout autant que moi. J'en venais à me demander si je ne l'avais pas dégoûté, ce soir-là. À cause de tous ces sentiments négatifs, je me sentais encore plus anormale que d'habitude et je m'étais automatiquement renfermée sur moi-même, tout en me fermant également aux autres. J'avais repris mon travail au bar dès le lendemain de l'attaque. J'y effectuais mon service tous les soirs depuis, ce qui me permettait de me changer les idées en évitant de trop ressasser. Je passais donc la plupart de mon temps avec Brendon et Emery au travail, et avec Jenna, Tessa et Harmony à la villa. Le reste du temps je m'isolais en faisant de longues balades dans les bois, mais toujours en évitant soigneusement de m'approcher du chalet d'Asher, même si c'était le seul endroit où je me sentais véritablement bien et sereine.

Je revins au présent lorsqu'un nouveau client s'installa au bar avec Jada.

« *Génial, il ne manquait plus qu'elle pour égayer ma soirée* » me dis-je ironiquement, en soupirant intérieurement.

Je plaquai malgré tout un sourire professionnel sur mon visage, avant de m'avancer vers eux.

— Bonjour, qu'est-ce que je vous sers ?
— Salut Luna, comment vas-tu ? me demanda-t-elle avec son air faussement amical.
— Très bien et toi ? limitai-je pour la décontenancer.
— Ça va. Oh, mais que je suis impolie. Je n'ai pas fait les présentations, pouffa-t-elle comme une gamine. Drake, je te présente Luna, dit-elle en se tournant vers son voisin. Luna voici Drake, un ... ami.
— Enchanté de te rencontrer enfin ma chère Luna, me dit-il avec une lueur indéchiffrable dans le regard. Jada m'a beaucoup parlé de toi.

Je me tournai vers celle-ci, les sourcils relevés en une expression interrogative, alors qu'elle me souriait trop mielleusement pour être vrai. Je restai sur mes gardes en attendant de voir ce qu'elle manigançait.

— C'est vrai que notre petite Luna est tellement spéciale, ajouta-t-elle.
— Oui, je veux bien te croire, affirma Drake après avoir profondément inspiré dans ma direction, tout en me fixant avec un regard de prédateur.

— Je n'ai rien de spéciale pourtant, déclarai-je d'une voix que j'espérais assurée, alors qu'une sueur froide dévalait mon dos, en pressentant une menace imminente. Donc, je vous sers quoi ? redemandai-je rapidement.

Dès la commande passée, je m'empressai de les servir pour pouvoir m'éloigner d'eux au plus vite. Je m'occupai ensuite des autres clients alors que j'avais toujours conscience de leurs regards sur moi. Plus les minutes défilaient, plus je me sentais mal à l'aise. Quand ils se levèrent pour partir, je n'eus malheureusement pas d'autres choix que d'y retourner pour les encaisser. Alors que Jada s'éclipsa aux toilettes, Drake se chargea de payer la note. Il m'attrapa la main au moment où je lui tendis sa monnaie. J'essayai immédiatement de la lui retirer, ne supportant pas son contact qui me glaçait le sang, mais il la maintenait fermement, en resserrant davantage sa prise.

— Pourrions-nous nous retrouver plus tard pour faire plus ample connaissance, ma jolie ? me demanda-t-il avec un grand sourire vicieux en se penchant sur moi, envahissant mon espace.
— Désolée, ce n'est pas au menu, lui retorquai-je sèchement en le foudroyant du regard.

Destiny gronda férocement en guise d'avertissement. Surpris, il relâcha un peu sa prise, ce qui me permit de retirer ma main et de reculer prestement. Alors que la colère se propageait dans tout mon être, je sondai rapidement cet homme qui osait envahir mon espace de cette manière. Et ce que je vis me fit froid dans le dos. Aucuns doutes, c'était bien un métamorphe, un tigre. Je pouvais aisément déceler à quel point il était dangereux, cruel et dérangé, tout comme son animal intérieur. Tous mes instincts se mirent en alerte, me dictant de ne pas m'approcher de lui et de m'en méfier.

— Ce n'est pas grave. On se revoit très bientôt, ma jolie, me susurra-t-il comme une promesse.

Je le regardai rejoindre Jada et quitter le bar, tendue à l'extrême, prenant les dernières paroles de cet homme comme une menace. Je sursautai et me retournai d'un bond en grondant lorsqu'une main se posa sur mon épaule. Ethan écarquilla les yeux de surprise et recula tout de suite d'un pas, en me montrant bien ses mains en évidence devant lui. J'inspirai profondément pour retrouver mon calme alors que je me mis à trembler de tout mon corps.

— Je suis vraiment désolée, m'excusai-je immédiatement, passant une main dans mes cheveux, n'osant pas le regarder en face.
— Est-ce que tout va bien, Luna ? me demanda-t-il doucement, visiblement inquiet.
— Non. Oui. Je ne sais pas, bégayai-je en me triturant les doigts tout en dansant d'un pied sur l'autre, à cause de ma nervosité.
— Eh, il y a un problème ? Tu es toute pâle, me dit-il soucieux en se rapprochant d'un pas.
— Non, c'est juste ... il y avait un homme, un métamorphe, et ... je ne sais pas ... je ne le sens pas ce type. Je crois qu'il m'a menacé, débitai-je à toute vitesse.

— Quoi ? grogna-t-il. Quelqu'un t'a menacé ? Ici ?

— Oui. Enfin, je crois. Laisse tomber, soupirai-je. J'ai juste eu peur, je pense. Je dois me remettre au boulot.

— Luna ...

— C'est bon, tout va bien. Ce n'est rien, le coupai-je.

Sans lui laisser le temps de répliquer, je me détournai pour reprendre mon service. Du coin de l'œil, je le vis s'installer au bout du comptoir, tout en me surveillant étroitement. Je soupirai d'agacement en me sentant épiée une nouvelle fois. Heureusement pour moi qu'Asher n'était pas présent pour me voir perdre les pédales ainsi. Sans grandes convictions, j'espérais également qu'Ethan ne lui dirait rien de ce qui venait de se passer.

Après le travail, je décidai d'aller manger un morceau en ville, histoire de me changer les idées avant de rentrée à la villa de la Meute. Cette parenthèse solitaire me fit le plus grand bien. Je repris donc le chemin du retour plus sereine et détendue. Je n'étais plus très loin de ma destination lorsque j'entendis un de mes pneus éclater. Je n'eus pas le temps de réagir que ma voiture fit une brusque embardée, pour finir sa course dans un tronc d'arbre. Je fus violemment projetée vers l'avant, et malgré ma ceinture de sécurité, ma tête heurta brutalement le tableau de bord. Il me fallut un petit moment pour pouvoir rouvrir mes yeux alors que j'étais complètement sonnée. Je portai automatiquement une main tremblante à mon front qui me faisait atrocement souffrir. Je sentis tout de suite une substance épaisse et humide sur mes doigts. Je laissai retomber ma main pour l'observer avec étonnement quand je vis qu'elle était couverte de sang.

« *Bah merde alors. Ça devient vraiment une habitude d'être blessée, ces derniers temps* », marmonnai-je en soupirant d'exaspération.

Puis quelque chose m'interpela. Je captai une présence dans le brouillard de mon esprit. Je regardai frénétiquement autour de moi pour repérer la menace, mais en vain. Pourtant je la sentis toute proche. Ma respiration s'accéléra lorsque je me rendis compte que j'étais prisonnière de ma voiture. Mes jambes étaient coincées entre mon siège et le tableau de bord. Un éclair de douleur me parcourut alors que j'essayais de les dégager. Destiny voulut émerger, néanmoins ma tête était tellement lourde et la douleur trop intense pour que le processus se fasse. Elle se mit à hurler de rage en constatant notre impuissance et notre situation. La panique me gagna en sentant le danger approcher, tandis que des points noirs commençaient à brouiller ma vision. Je ressentis la détresse de l'animal en moi, qui se mit à appeler Asher et Aïko de toutes ses forces. Je ne comprenais pas pourquoi elle s'acharnait ainsi, puisque je savais que ça ne servait à rien. Il n'y avait que les âmes sœurs qui pouvaient communiquer entre elles à cette distance, ce qui n'était pas du tout notre cas à Asher et moi, alors à quoi bon. Je dus perdre connaissance un moment parce qu'Asher se tenait entièrement nu devant moi quand je repris mes esprits. Ma portière était ouverte alors qu'il était accroupi, le visage fermé.

Sa colère évidente m'assaillit d'un coup, puis j'entendis d'autres rugissements qui me surprirent.

— Qu'est-ce que ... commençai-je à dire avant de crier de douleur lorsqu'il libéra mes jambes d'un geste.
— Chut, Luna. Ne bouge pas. Je vais te sortir de là, m'annonça-t-il d'une voix rauque chargée d'émotions.
— J'ai mal, soufflai-je en portant une main à ma tête en gémissant.
— Je sais, ma belle. Mais ça va aller, d'accord ? Je vais rapidement t'emmener à la maison pour qu'Harmony te soigne, me déclara-t-il anxieux.

Ils se pencha sur moi, passant doucement un bras derrière mon dos et le deuxième sous mes genoux, pour m'extraire avec précautions de mon véhicule. Il me plaça contre son torse nu, et marcha d'un bon pas en prenant garde de me bouger le moins possible. Je m'aperçus que je pleurais lorsqu'Asher reprit la parole pour me réconforter.

— Tiens bon, ma belle. Je m'occupe de toi. Je ne t'abandonnerai pas cette fois, lâcha-t-il dans un souffle.

Je redressai difficilement la tête pour pouvoir l'observer ne comprenant pas ses dernières paroles. Cependant un détail me vint à l'esprit.

— Comment as-tu su que j'avais besoin d'aide ? lui demandai-je d'une voix tremblante.
— J'ai entendu Destiny nous appeler à l'aide, m'avoua-t-il après un instant de silence.

— Quoi ? Mais comment ... ?

Je déglutis bruyamment en me rendant compte d'une chose importante.

— Tu l'as appelé par son nom, chuchotai-je plus pour moi-même que pour lui. C'est un secret que je ne dévoile à personne ... Personne ne doit savoir. Jamais, soufflai-je.

Soudain un éclair de lucidité me frappa. Je plongeai mon regard dans le sien et compris immédiatement ce que tout cela signifiait. Toutes les pièces du puzzle s'assemblèrent d'elles-mêmes, me faisant comprendre ce que je n'avais pas vu, jusqu'à présent.

— Nous sommes âmes sœurs, m'exclamai-je abasourdie. Tu le savais mais tu ne voulais pas de nous, chuchotai-je avec tristesse.

Je sus que je venais de viser juste en observant les émotions qui passaient sur son visage. Une immense douleur, autre que physique cette fois, me transperça de part en part.

— On en reparlera plus tard Luna, me coupa-t-il doucement. Ce n'est pas le bon moment.

Il avait raison. Malgré toutes les émotions qui se bousculaient en moi, ce n'était pas le moment. Je n'étais pas en état. Ma tête se faisait de plus en plus lourde et mes yeux peinaient à rester ouverts. Je décidai donc de ne pas y penser pour l'instant et de reporter ça à plus tard. Je reposai ma joue contre sa poitrine chaude et fermai les yeux, alors que l'obscurité m'envahissait de nouveau.

Chapitre 13

Asher

Je me précipitai rapidement dans la villa avec une Luna toujours inerte dans mes bras. Elle s'était évanouie juste avant que nous arrivions au portail.

À peine la porte passée, j'appelai immédiatement Harmony qui me rejoignit en courant, les yeux écarquillés et la mine inquiète, en regardant ma petite femelle inconsciente dans mes bras. Nous entrâmes à grands pas dans l'infirmerie, où je déposai doucement ma belle sur la table d'examen. Cependant, notre guérisseuse dut me secouer un peu et haussa le ton pour me faire reculer afin de se mettre en action. Ne voulant pas trop m'éloigner, je m'adossai au mur, les bras croisés sur mon torse, la mâchoire serrée, sans jamais quitter Luna des yeux pendant tout le processus. J'entendis vaguement des cris de surprise et des exclamations étouffées, mais je restai entièrement concentré sur mon seul sujet d'inquiétude. J'essayai également de faire abstraction de l'anxiété grandissante de mon Loup, qui se mit à faire les cent pas en grondant, à l'intérieur de moi.

Je sentis la colère d'Aïko, à mon encontre, augmenter de minutes en minutes. Je ne pouvais même pas lui en vouloir, il avait entièrement raison. Moi aussi je m'en voulais et c'était entièrement mérité. Je n'avais pensé qu'à moi en m'éloignant de Luna pour ne pas faire face à notre lien. À aucun moment, je n'avais imaginé sa réaction lorsqu'elle comprendrait ce qui nous liait. Je venais de le découvrir et cela me transperçait le cœur. L'appel de détresse de Destiny résonnait encore douloureusement dans ma mémoire. Aïko avait littéralement pété les plombs dès qu'il avait compris que notre femelle était en danger. Il ne m'avait pas laissé le choix et avait immédiatement pris les commandes en prenant forme, pour nous faire traverser les bois à toute vitesse. Je devais bien m'avouer que pour la première fois depuis bien longtemps, j'avais ressenti de la peur. De plus, il m'avait fallu la découvrir inconsciente et blessée, pour me rendre enfin compte qu'elle était la chose la plus importante de ma vie. C'était une évidence. Je ne pouvais, ni ne voulais, nier plus longtemps mes sentiments envers notre compagne. J'espérais simplement qu'elle me pardonnerait d'avoir mis autant de temps à le comprendre. J'avais été témoin de la blessure et de la tristesse que je lui avais infligé lorsqu'elle avait compris ce que nous étions l'un pour l'autre. En un sens, elle avait raison. Je l'avais rejeté d'une certaine manière. Cependant, elle faisait fausse route, c'étaient mes propres sentiments que je fuyais. Mais, plus maintenant. Pas après ce qui venait encore de se passer. Je ne me dérobais plus, c'était terminé. Je fis la promesse solennelle à mon Loup, de faire tout ce qui était en mon pouvoir pour réparer l'énorme erreur que j'avais commise, et surtout de mettre tout en œuvre pour conquérir notre petite femelle. Aïko se calma et me grogna son approbation. Je me sentis instantanément apaisé comme si un poids venait de quitter mes épaules. Bien sûr, j'étais conscient que rien n'était acquis pour autant. Je ne savais pas encore comment Luna allait réagir à tout ça. Mais j'étais déterminé et elle n'avait aucune chance de me détourner de mon but.

Ethan m'arracha de mes pensées.

— Ash. Ash, tu m'entends ? m'appela-t-il d'une voix inquiète.

Je clignai rapidement des yeux en reprenant conscience de ce qui m'entourait. Je fus surpris de découvrir que bon nombre de mes camarades de Meute nous avaient rejoint dans la pièce. Je me crispai un instant en observant Luna, toujours inconsciente.

— Tout va bien Asher, me rassura immédiatement Harmony, face à mon expression soucieuse. Elle devrait dormir encore plusieurs heures. Elle avait une grave commotion cérébrale. Je l'ai guéri mais elle a besoin de beaucoup de repos pour être de nouveau sur pieds.

J'acquiesçai d'un signe de tête, reconnaissant envers elle, avant de me tourner vers Ethan.

— Est-ce que vous avez trouvé qui a fait ça ? lui demandai-je gravement.

— Non, mais j'ai peut-être un suspect, déclara-t-il l'air sombre.

— Qui ? grondai-je entre mes dents serrées.

— Je crois qu'on devrait aller en discuter en privé.

Je balayai la pièce du regard. Il avait raison, nous ne pouvions pas en discuter ici, néanmoins, je ne supportais pas l'idée de laisser Luna seule, alors qu'elle était vulnérable et sans défense.

— Les filles ne la quitteront pas une seconde des yeux. Elle ne craint plus rien ici, m'affirma mon meilleur ami, en comprenant sûrement mon dilemme intérieur.

— Ne t'inquiète pas Asher, je resterai avec elle jusqu'à ce que tu reviennes, me promit Harmony d'une voix douce mais déterminée.

— Merci. Je reviens vite.

Je passai rapidement par ma chambre pour m'habiller. Avec tout ça, j'en avais complètement oublié que j'étais encore nu. Puis, je rejoignis mon Bêta et mes Lieutenants, ainsi que Kris dans mon bureau.

— Ethan, dis-nous tout, lui ordonnai-je à peine entré.

— Je ne sais pas si cela a un rapport avec ce qui vient de se passer, mais un gars a fait peur à Luna tout à l'heure au bar, déclara-t-il d'une voix tendue.

— Pardon ? Et ce n'est que maintenant que tu me le dis ? grognai-je en le fusillant du regard.

— Je n'ai pas eu le temps de t'en parler et j'ai surveillé Luna tout le reste de son service au cas où. Je ne sais pas qui c'est. Il est venu au bar avec Jada, m'informa-t-il sur la défensive. Avant de partir, il a attrapé la main de Luna et lui a dit quelque chose. Jada n'était pas avec eux à ce moment-là. J'ai voulu intervenir mais le temps que je traverse la salle, ils étaient déjà partis tous les deux. Luna avait l'air perturbé et nerveuse quand je lui ai parlé. Il est clair qu'elle a eu peur et s'est sentie menacée.

— Putain, ça ne sent pas bon si Jada est mêlée à ça, s'exclama Denis avec colère.

— Ok, dis-je en réfléchissant. Kris, visionne nos caméras de surveillance du bar. Je veux voir tout ce qui s'est passé de leur arrivée jusqu'à leur départ. Essaye dans apprendre plus sur ce gars.

— Ok, me répondit-il en se pressant déjà jusqu'à la sortie, pour rejoindre son antre.

— Denis, trouve-moi Jada et ramène-là, qu'on puisse l'interroger.

— Je m'en occupe tout de suite, affirma-t-il en sortant lui aussi.

— Je parlerai à Luna dès qu'elle se sentira mieux, pour savoir ce que ce type lui a dit, décrétai-je.

— C'est une bonne idée. Autant qu'on ait toutes les infos possibles, approuva Ethan.

— Ouais, en espérant qu'elle veuille encore me parler, marmonnai-je pour moi-même.

— Pourquoi ne voudrait-elle plus te parler ? me questionna Ethan, surpris en fronçant les sourcils.

Je me frottai le visage des deux mains avant de les passer dans mes cheveux. Je soupirai fortement avant de m'expliquer. Compte tenu de la situation, il me semblait important de mettre tout le monde au courant sur le lien qui nous liait Luna et moi.

— Luna est mon âme sœur, lâchai-je. Je le sais depuis plusieurs jours mais j'ai tout fait pour renier ce que je ressentais pour elle. Pour sa part, elle vient seulement de le comprendre et ...

— Tu l'as blessé, finit Aaron pour moi d'un air mécontent et déçu.

— Oui. Oui, je l'ai blessé, soufflai-je en regardant celui-ci.

— Je ne veux pas parler pour les autres, mais je pense qu'on a tous senti qu'il y avait quelque chose de spécial entre vous, m'avoua Lenny.

— Qu'est-ce que tu vas faire ? m'interrogea mon meilleur ami.

— Je vais tout faire pour la conquérir. C'est ma compagne. Elle est mienne, déclarai-je d'une voix rauque et déterminée. Mais, je ne sais pas trop à quoi m'attendre. On parle de Luna. Elle est spéciale.

En regardant mes camarades, je les vis pensif et hocher la tête pour confirmer mes pires craintes. Oui, j'allais vraiment galérer. Apparemment, c'était même évident pour tout le monde.

— Oui, tu as intérêt à bien t'accrocher. Mais sache que si c'est vraiment ce que tu souhaites, tu peux compter sur nous. En plus, je l'aime bien cette petite femelle, déclara Ethan avec un grand sourire malicieux.

— C'est elle que je veux. J'en suis certain à présent, affirmai-je.

— Eh bien, je n'aurais jamais cru que le jour où tu te mettrais en couple viendrait. Mais j'en suis vraiment très heureux, m'assura-t-il. On mettra tout en œuvre pour t'aider à te faire pardonner.

— J'ai peut-être une idée pour améliorer son confort. Ce n'est peut-être pas grand-chose mais c'est déjà un début, nous dit Aaron.

— Son confort ? Elle n'aime pas sa chambre ? m'inquiétai-je immédiatement.

— Pardon, je me suis mal exprimé. Ce n'est pas sa chambre le problème. Le truc c'est que Luna a vécu seule très longtemps et n'a pas l'habitude d'être entourée en permanence surtout par autant de personnes. Je ressens souvent sa nervosité dans la villa. Il n'y a que lorsqu'elle revient de ses promenades dans les bois que je ressens un grand apaisement en elle, nous explique Aaron.

En y réfléchissant, je compris immédiatement où Aaron voulait en venir. Je lançai un juron, m'en voulant de ne pas y avoir pensé moi-même. Pitoyable.

— Ne t'en veux pas pour ça, reprit Aaron. On avait des choses plus urgentes à penser.

— C'est vrai, lâchai-je en me passant une main sur le visage. Je vais l'installer dans mon chalet dès maintenant. Elle y sera plus à son aise et je sais déjà qu'elle s'y sent bien, décidai-je.

Je relevai la tête pour contempler l'air ébahi, voir choqué, sur les visages de mes hommes.

— Quoi ? grognai-je.

— Non, non, c'est une bonne idée, me lança Ethan en revenant de sa surprise, après s'être raclé la gorge.

— Oui, ça me parait bien, ajouta Aaron en souriant.

Je les regardai, les yeux plissés, d'un regard noir.

— Ouais, soupirai-je. Bon, je crois qu'on a fait le tour pour le moment. On se revoit demain matin.

Nous nous levâmes et sortîmes rapidement de mon bureau. Je filai immédiatement rejoindre Luna qui, à mon arrivée, dormait encore profondément. Harmony sortit pour nous laisser seuls. Je pris tout mon temps pour contempler ce petit bout de femme qui, j'en étais certain, allait me donner beaucoup de mal. Cependant, cela en valait la peine. C'était une certitude ancrée au plus profond de moi.

Chapitre 14

Luna

Je soupirai en me réveillant de nouveau dans un endroit inconnu. La seule chose qui ne me fit pas paniquer fut l'odeur d'Asher qui m'entourait. En me redressant, j'observai avec attention mon nouvel environnement. Je me levai doucement et me rendis jusqu'à la fenêtre. Dès que mon regard se posa sur l'extérieur, je compris que je me trouvais dans le chalet de l'Alpha.

Je n'avais rien oublié de la soirée de la veille. Ce que j'avais découvert, m'avait profondément blessée. Ce puissant mâle était notre âme sœur, il le savait et n'avait pas voulu de nous. Tout comme moi, Destiny éprouvait une profonde colère. Je m'étais toujours demandée si quelqu'un, quelque part, nous était prédestiné. J'en avais toujours beaucoup douté à cause de nos différences. Maintenant, au moins j'étais fixée sur ce point. J'avais bêtement espéré que, si un jour je rencontrais cette personne si spéciale pour nous, elle nous accepterait tout entière, dès le premier regard. Je ne m'imaginais pas une seule seconde, qu'elle ferait tout pour nous éviter. À présent, je devais faire face à tout ça, en plus du reste. J'inspirai profondément pour reprendre le contrôle de mes émotions chamboulées. J'étais blessée, à la fois triste et en colère, néanmoins, j'étais loin d'être quelqu'un de faible. Il était temps qu'on montre à ce mâle Alpha qui nous étions réellement. Je ne fuyais plus mes problèmes, j'allais les affronter la tête haute. Destiny était apparemment du même avis que moi puisque je la sentis se redresser en piétinant d'impatience, avec fierté et une pointe de férocité. Je ne savais pas ce que l'avenir allait nous réserver mais c'était le moment de poser cartes sur table. Forte de mes bonnes résolutions, je sortis de la chambre et descendis un escalier en bois. Ce fut en passant devant une cuisine ouverte chaleureuse, avant d'atteindre la porte d'entrée, que je le vis. Curieuse, je m'approchai de l'îlot central pour découvrir un message inscrit sur une feuille, à mon intention. Je regardai tout autour de moi à la recherche de je ne savais quoi avant de m'en emparer.

« *Bonjour Luna, je me suis absenté pour une réunion. Je n'en ai pas pour longtemps. Je t'ai installé chez moi pour plus de confort. Je me suis dit que tu t'y sentirais plus sereine. N'hésite pas à te mettre à l'aise en mon absence, fais comme chez toi. À mon retour, il est important que l'on parle toi et moi. Asher* »

Je relis plusieurs fois ces quelques lignes qui me laissaient perplexe. D'un sens, ça me réchauffait un peu de l'intérieur. C'était une délicate attention envers moi, en pensant avant tout à mon confort. Surtout que j'avais appris par hasard, par les femelles de la Meute, qu'il n'avait jamais autorisé aucune femme à entrer dans son chalet privé. Mais d'un autre côté, ça m'énervait. S'imaginait-il vraiment que je lui obéirais au doigt et à l'œil ? Hors de question de me soumettre devant lui. Il voulait parler alors on allait parler. Cependant, c'était moi qui décidais où et quand. Je reposai donc le papier sur le comptoir de la cuisine et me détournai, déterminée, pour aller affronter ce mâle Alpha prétentieux.

Je suivis facilement l'odeur d'Asher pour me diriger à travers les couloirs de la villa, jusqu'à la porte de son bureau. Je sentis également la présence de plusieurs de ses Lieutenants, d'Ethan et de Kris. Je pris une profonde inspiration en remettant mon masque impassible en place sur mon visage, et entrai sans frapper.

« Bah quoi, j'en ai le droit après tout. Ce n'était pas comme si lui-même n'avait pas envahi mon espace personnel à plusieurs reprises », me confortai-je dans mon geste.

À l'instant où je m'avançai dans la pièce, je crus que j'allais éclater de rire devant leurs regards choqués et leurs expressions stupéfaites. Cependant, je n'en montrai rien et me postai devant eux, les deux pieds bien ancrés dans le sol, en croisant les bras sur ma poitrine. Je les scrutai tour à tour alors qu'ils restaient bouche-bée devant moi, sans voix. Puis, je fixai mon regard dans celui d'Asher qui m'observait avec stupéfaction et une pointe de méfiance.

— Bon. Tu voulais parler alors autant que tes Lieutenants entendent ce que j'ai à dire. Je n'aurai ni l'envie, ni le courage, de me répéter, déclarai-je d'une voix ferme.

Je balayai rapidement la pièce du regard pour me donner le courage nécessaire avant de me lancer.

— Comme vous le savez déjà, je suis différente de vous. Je suis une métamorphe. C'est indéniable, mais je ne ressemble à aucune autre espèce. Je porte seule le secret de ma véritable nature depuis toujours et ceux pour diverses raisons. Mais les choses viennent incontestablement de changer, du fait que je suis l'âme sœur d'Asher, votre Alpha. Donc, vous devez être informés de la situation et de ce que cela pourrait engendrer pour vous, qu'il me revendique ou non.

— Luna, m'interrompit gravement Asher.

— Ne me coupe pas la parole sinon je n'aurai plus le courage de vous parler, lui lançai-je un peu trop sèchement, en le fusillant du regard.

J'entendis des exclamations choquées mais en fis abstraction. J'inspirai profondément avant de reprendre.

— Je ne me souviens pas de mon enfance, dis-je en lançant un regard d'excuse à Aaron. Les premiers souvenirs que j'ai, datent de mes dix ans. Je ne rentrerai pas dans les détails, mais j'avais déjà conscience que je n'étais pas normale, à cet âge-là. Que je n'étais pas comme les autres. J'avais aussi certains pouvoirs. Alors, j'ai décidé de tout mettre en œuvre pour apprendre qui j'étais vraiment, même si j'étais très jeune. Je me suis ... enfuie. J'ai parcouru une partie du monde au fil des ans, pour chercher les réponses à mes questions. Et je les ai trouvées l'année de mes seize ans, finis-je dans un souffle en baissant la tête, les yeux perdus dans le vague, en resserrant mes bras autour de moi.

Je sursautai en sentant une main chaude sur mon bras. Je relevai la tête pour plonger dans les yeux d'Asher qui me dévisageait avec une expression douce mais soucieuse.

— Viens t'assoir ma belle, m'ordonna-t-il doucement.

Je le laissai me guider jusqu'à un fauteuil pour m'y installer. Je pris conscience, à ce moment-là, que je tremblais de tout mon corps. Ces révélations étaient difficiles pour moi. C'était la première fois que je me confiais ainsi et je n'avais pas pensée que ce serait aussi dur.

— Prends ton temps. Respire profondément et reprends quand tu seras prête, me dit-il en s'agenouillant devant moi, en prenant mes mains dans les siennes.

Je hochai la tête. Même si j'étais en colère contre lui, je le remerciai silencieusement de m'épauler dans un moment délicat pour moi. Après un regard aux autres et en constatant leurs expressions bienveillantes, je poursuivis.

— À cette époque-là, j'ai eu un ... accident. Une tribu indienne est venue à mon secours. Ils m'ont soigné et tout de suite accueilli comme l'une des leurs. Ils m'ont accepté telle que j'étais. C'était la première fois de ma vie que je me sentais aimée et que j'avais un véritable foyer. D'après leurs croyances et leurs légendes, ils m'ont avoué que j'étais destinée à les rencontrer. Qu'ils attendaient ma venue. Que c'était leur devoir de m'aider dans ma quête pour découvrir ma véritable nature.

Je fis une brève pause tout en m'agrippant encore plus fermement aux mains d'Asher.

— Je suis un Phénix, lâchai-je rapidement dans un souffle, sans relever les yeux sur les hommes qui m'entouraient. Mon âme animale est une créature légendaire, dotée de grands pouvoirs. Je peux lire les auras des personnes qui m'entourent, tout comme j'ai la capacité de parler aux animaux dont ceux des métamorphes. Je ressens aussi les émotions des autres, mais différemment de la manière d'Aaron. J'ai également certains pouvoirs magiques dont je ne parlerai pas. Bien sûr, nous ne prenons jamais notre véritable apparence pour des raisons évidentes. Cependant, nous pouvons prendre n'importe quelle forme animale. La légende dit que lorsque je m'unirai à mon âme sœur, mon animal totem reflètera son espèce. Donc, dans le cas présent, si je m'unis à Asher qui est un Loup, mon animal intérieur sera une Louve à part entière, tout en gardant sa part du Phénix évidemment.

Je me permis enfin de relever la tête pour découvrir leurs réactions.

— Nous reparlerons du « si » un peu plus tard, m'informa Asher apparemment mécontent.

Je clignai plusieurs fois des yeux, surprise que ce fut la première chose qui lui venait à l'esprit.

— Si je peux me permettre, pourquoi n'es-tu pas restée dans cette tribu si tu y étais heureuse ? nous interrompit doucement Aaron avec un regard bienveillant.

Je détournai le regard alors que ma vue se brouillait de larmes et que mon menton se mettait à trembler.

— Je suis restée deux années avec eux avant qu'ils ne soient ... tous assassinés par une petite Meute proche de leur territoire, répondis-je d'une voix tremblante tandis que mes larmes se mirent à dévaler mes joues.
— Pourquoi ? me demanda Ethan.
— Parce que cette Meute avait entendu parler de moi, de mes dons, déclarai-je avec tristesse. L'Alpha voulait que je lui appartienne en me revendiquant de force, et en se servant de moi pour gagner en puissance.
— Et que s'est-il passé ? m'interrogea Asher d'une voix radoucie après avoir poussé un grondement grave.
— J'ai tué tous ceux qui avaient participé à ce massacre, crachai-je sombrement en le fixant. C'est ce que vous risquez en me gardant ici. Des gens me cherchent et ils feront tout pour me récupérer. Je vais vous mettre en danger sans le vouloir. Je ne supporterai pas de revivre ça, lui soufflai-je avec douleur. C'est pour cette raison que je suis seule depuis cette tragédie et que je ne me suis jamais établie nulle part.

Je décidai de couper court à cette conversation qui me transperçait le cœur. C'était trop dur. J'avais fait assez de confidences pour un long moment. Je me relevai brusquement en m'arrachant de la prise d'Asher sur mes mains. Mon geste brutal eut pour effet de le faire vaciller avant de tomber sur les fesses. Ensuite, je leur lâchai un dernier avertissement avant de sortir du bureau, pour échapper à la tension qui m'étouffait.

— Je suis et je serai toujours une menace pour votre Meute. À vous de prendre les décisions qui s'imposent, déclarai-je tristement.

Sur ces dernières paroles, je sortis prestement et continuai jusqu'à me retrouver seule au milieu de la végétation.

Arrivée dans le chalet d'Asher, je soupirai en sentant son odeur tout autour de moi. Un profond chagrin m'envahit, alors que jusqu'ici je me sentais bien dans cet endroit. À cet instant, je m'y sentis surtout comme une étrangère. Destiny s'agita face à mes émotions. Elle désirait se libérer de ses entraves et nous éloigner de tout ce qui nous faisait du mal. Je savais qu'elle avait raison. J'en avais besoin moi aussi. Je me déshabillai alors rapidement et me transformai pour lui laisser prendre forme, tout en restant consciente de ce qui m'entourait. Ironie du sort, elle décida de prendre de nouveau la forme d'une Louve. Comme à chaque fois que nous nous transformions en harmonie toutes les deux, notre animal reflétait la couleur de mes yeux, un or scintillant. Il n'y avait que lorsque Destiny prenait entièrement le contrôle que nous nous recouvrions de flammes. Je représentais l'or et elle le feu. À peine transformée, ma Louve hurla sa tristesse avec force, avant de s'élançait à travers les bois. Nous courûmes, sautâmes au-dessus des obstacles pendant un long moment, tout en restant sur le territoire de la Meute, pour ne pas causer de problèmes avec les clôtures piégées du système de sécurité. Un long moment plus tard et épuisée après notre course, nous nous arrêtâmes près du ruisseau pour nous abreuver. Le sentiment de liberté et la nature environnante nous apaisèrent peu à peu. Alors, nous nous couchâmes sur un tapis de mousse, laissant les doux bruits nous entourant nous plonger dans un sommeil sans rêves.

Chapitre 15

Asher

Les confidences de Luna me laissaient sur le cul. Littéralement puisque j'étais encore assis au sol, en fixant la porte qu'elle venait de passer. Décidément, notre petite femelle nous étonnera toujours.

Je savais déjà que Luna avait un passé douloureux. Mais en avoir la confirmation de vive voix m'était insupportable. Et encore, j'étais persuadé qu'elle était allée à l'essentiel et qu'elle était loin de nous avoir tout dit. Cependant, je ressentis une grande fierté devant le courage dont elle avait fait preuve en nous révélant une partie aussi intime de sa vie.

— Est-ce qu'elle croit vraiment qu'on va l'abandonner malgré la menace ? nous demanda Ethan d'un air indigné.
— Ouais, apparemment, grognai-je en me relevant enfin.
— Je crois que tu devrais aller lui parler avant qu'elle ne fasse une bêtise, me conseilla sérieusement Aaron. Je la sens prête à s'enfuir.

Je hochai rapidement la tête en sortant à grands pas de mon bureau. Il était hors de question de la laisser s'éloigner de nous. Mon Loup m'encouragea également à la poursuivre en forçant l'allure. Elle était nôtre et il était temps de jouer carte sur table, nous aussi.

En pistant son odeur, après plusieurs détours, je la découvris, assoupie sous sa forme de Louve, près du ruisseau. Je n'eus cependant pas le temps de l'observer à ma guise, puisqu'elle se releva d'un bon à mon approche. Je fis seulement quelques pas de plus avant de m'immobiliser, stupéfait. La Louve me fixait et grondait tout bas d'un air furieux, en me dévoilant ses crocs. Devant mes yeux ébahis, son pelage passa de la couleur de l'or, au brasier des flammes. J'en déduisis instantanément que Destiny, l'animal intérieur de Luna, venait de prendre entièrement le contrôle et elle avait l'air très en colère contre moi. Mon Loup se manifesta, impatient de prendre forme pour aller apaiser sa femelle.

« *C'était peut-être une bonne idée qu'il s'occupe de Destiny et moi de Luna* », m'avouai-je.

J'espérais simplement que je ne prenais pas la mauvaise décision. Je me dévêtis alors, avec des gestes lents, et laissai Aïko prendre les commandes. Dès que Destiny le vit, elle arrêta de grogner. Elle se redressa de toute sa hauteur, toujours sur ses gardes, pendant qu'il s'en approchait lentement jusqu'à s'arrêter à quelques centimètres à peine. Je le sentis communiquer avec elle sans en comprendre le sens. Après quelques minutes, une vague de soulagement m'envahit lorsque la Louve tendit le cou pour frotter sa joue contre la nôtre. J'eus un petit sursaut de recul intérieur en pensant que son pelage couvert de feu allait nous brûler, néanmoins il n'en fut rien. C'était étrangement doux et chaud. Ils se câlinèrent un petit moment, se tournant autour, se léchant et s'apprivoisant tous deux. Puis, se sentant certainement apaisée, les flammes disparurent pour reprendre une couleur dorée. Quelques secondes supplémentaires, ce fut une Luna entièrement nue qui réapparut devant moi. Je repris également forme humaine, comprenant qu'il était temps, à mon tour, d'arranger les choses avec ma compagne.

De retour à mon chalet, nous nous habillâmes et nous installâmes sous ma pergola. Je m'assis sur la table basse, les coudes sur mes genoux, en face de Luna qui prit place sur le canapé. Je décidai de me lancer en sentant son anxiété augmenter.

— Luna, avant tout, il faut que tu saches que je n'ai jamais voulu te faire souffrir. Depuis que j'ai découvert notre lien, il n'a jamais été question de vous rejeter, Destiny et toi.

— Mais ... me coupa-t-elle en fronçant les sourcils.

— Mais, repris-je, il est vrai aussi que je me suis volontairement éloigné. Seulement, c'étaient mes propres sentiments que je fuyais. Pas toi. De ma longue vie, c'est la première fois que je ressens des émotions aussi fortes et brutes. Depuis que je t'ai rencontré, chacun de nos échanges ont été sans aucun doute, les plus intenses que j'ai connu jusqu'ici et cela m'a, en quelque sorte, fait peur. J'avais besoin de temps pour assimiler tout ça et y voir plus clair. Tu comprends ?

Elle acquiesça rapidement en se triturant les doigts, nerveuse.

> — J'ai peur moi aussi, m'avoua-t-elle. Je ne pensais même pas que quelqu'un m'était vraiment prédestiné à cause de ce que je suis. Et ... il y a aussi ...
>
> — Quoi ? Dis-moi. Tu n'as rien à craindre, ma belle. Tu peux tout me dire, la rassurai-je doucement.
>
> — En plus de toutes les raisons évidentes que je vous ai évoquées tout à l'heure, je suis ... enfin, je n'ai ..., bafouilla-t-elle sans terminer sa phrase.
>
> — Est-ce que je te fais peur ? lui demandai-je, inquiet sachant que ce pourrait être une possibilité.
>
> — Non, s'exclama-t-elle aussitôt. Non.

Je fus immédiatement rassuré, cependant je ne comprenais toujours pas ce qui pouvait l'angoisser à ce point. J'attendis alors patiemment qu'elle ait le courage de m'expliquer ses raisons.

> — Je n'ai pas d'expérience dans ce domaine, lâcha-t-elle dans un souffle, en rougissant violemment.
>
> — Tu n'as pas d'expérience dans ce ... domaine ? répétai-je en me redressant et en arquant les sourcils d'incompréhension.
>
> — Je n'ai jamais eu de petit copain, se justifia-t-elle d'un air gêné. Et on ne m'avait jamais

embrassée ... avant toi, chuchota-t-elle en baissant les yeux sur ses mains, pour fuir mon regard.

— Oh, soufflai-je, décontenancé. Oh !

J'eus l'impression que mon cerveau venait de se court-circuiter, en même temps que ma respiration se coupait. Est-ce que je comprenais bien ce qu'elle essayait de me dire ?

    — Mais tu es une métamorphe ! On est connu pour être très tactile et répondre à nos besoins primaires, m'exclamai-je ahuri.

Je m'en voulu aussitôt en la voyant se recroqueviller un peu plus sur elle-même. Puis, une autre émotion s'insinua soudainement en moi. Ma poitrine se gonfla de fierté et de possessivité lorsque je compris que je serais le seul et unique homme de sa vie.

    — En tout cas, ça promet d'être très intéressant de te faire découvrir ce « domaine », lui susurrai-je en arborant un sourire espiègle.

    — Quoi ? Ça n'a rien de drôle Asher, me lança-t-elle avec colère.

    — Oh, je confirme. Je dirais plutôt que c'est très excitant.

    — Tu veux ... ? Mais tout ce que je vous ai dit ... et je ne suis pas ..., balbutia-t-elle après avoir déglutit bruyamment.

Je me penchai sur elle en emprisonnant délicatement ses mains fines dans les miennes.

    — On va tout de suite mettre les choses au clair sur notre situation, déclarai-je d'une voix douce mais ferme. Alors écoute-moi bien, ok ?

Elle inspira difficilement mais hocha doucement la tête, prête à m'écouter.

— Premièrement, je te veux. C'est une certitude. Tu es déjà mienne par notre lien. Mais ce que j'aimerais c'est que tu deviennes réellement ma compagne de vie. Le fait que tu n'aies aucune expérience ne me rebute absolument pas, bien au contraire. Je t'avoue que je suis même très heureux que personne ne t'ait jamais touché intimement. Je suis fière de savoir que je serais le seul à avoir ce privilège. Bien sûr, ça va dans les deux sens. Je t'appartiendrai entièrement moi aussi. Tu n'as pas à avoir peur de notre relation, nous irons au rythme qui te convient. Je ne te forcerai jamais à faire quoi que ce soit que tu ne désires pas. Concernant mon Loup, tu n'as aucuns soucis à te faire non plus. Il vous a tout de suite accepté, Destiny et toi, et il ne souhaite qu'une chose, vous revendiquer. Est-ce que tu as des objections sur ce premier point ?

Elle secoua rapidement la tête, les yeux écarquillés et la bouche entrouverte.

— Bien, repris-je avec un sourire en coin. Deuxièmement, parlons de tes différences. Même si elles sont extraordinaires, elles ne nous font pas peur. Comme tu as certainement pu le constater, plusieurs de mes camarades de Meute possèdent également des dons spéciaux. Donc, tu ne dois pas te sentir seule ou rejetée. Est-ce que tu veux savoir pourquoi nous avons créé notre Meute et pourquoi nous l'avons appelée ainsi ?

— Oui, me répondit-elle curieuse.

— Je n'avais que quinze ans quand j'ai décidé de quitter la Meute de mon père. Ethan qui était mon meilleur ami depuis l'enfance m'a tout de suite suivi sans hésitation, alors que je ne lui avais rien demandé. Nous avons voyagé plusieurs années avant de trouver cet endroit et de nous y installer. Pendant notre périple, nous avons eu la chance de rencontrer des personnes extraordinaires, issues de différents milieux. Malheureusement, la réalité de la vie fait que certaines de ces personnes vivaient des choses difficiles. Elles se sentaient seules et abandonnées de tous. Chacune d'entre elle a sa propre histoire, qu'il ne m'appartient pas de révéler. Cependant, ce que je peux te dire, c'est qu'elles ont décidé de combattre leur destinée, de se relever face à l'adversité. C'est ainsi que plusieurs de ces personnes nous ont suivis, au fil des années. Lorsque nous avons décidé de créer notre propre Meute, nous avons décidé de l'appeler Opale parce que tout comme cette pierre précieuse, nous sommes tous uniques et composés de multiples facettes. Chacun à sa propre couleur et s'est façonné selon sa propre expérience de la vie. Peu nous importe l'espèce, les capacités ou encore les dons possédés. Le plus important pour nous, c'est que chacun trouve sa place, que nous nous acceptions tels que nous sommes réellement, et surtout que nous formions une véritable famille unie. Le noyau principal de notre Meute s'est construit ainsi. Bien sûr, aujourd'hui, beaucoup d'autres membres nous ont rejoints. Néanmoins, il y a plusieurs degrés d'intégration comme partout. Mais ici, tu es chez nous, dans notre foyer. Je peux t'assurer que tous ceux qui habitent à la villa, notre véritable famille, t'ont déjà tous accepté. Donc, c'est indéniable. Tu es exactement au bon endroit. Je comprends aussi que tu ne sois pas habituée à être entourée ainsi, je ne te le reproche pas. Là aussi, va à ton rythme. Personne ne t'en voudra, sois en sûre.

Je relâchai doucement une de ses mains pour essuyer de mon pouce, les larmes qui avaient débordées de ses yeux. Je me perdis quelques secondes dans son regard embué. Elle semblait troublée et touchée par mes paroles. Je pris une inspiration m'emplissant de sa douce odeur avant de reprendre la parole pour clôturer le sujet.

— Troisième et dernier point à aborder, la menace qui pèse sur toi. Ne crois pas que nous prenons cela à la légère. Loin de là. Et si un problème devait surgir, nous y ferons face. Mais contrairement à toi, nous ne nous laissons pas dicter notre conduite, et surtout, ça ne nous empêche pas de vivre.

Je levai rapidement une main pour la plaquer sur sa bouche pour l'empêcher de protester.

— Tu survies, ma belle, repris-je en laissant retomber ma main. Seule et depuis trop longtemps. Comme je te l'ai expliqué, plusieurs d'entre nous possédons un passé plus ou moins sombre. Pour certain une menace plane toujours au-dessus de leur tête. La grande différence entre nous, c'est que nous affrontons le danger ensemble, en faisant front commun. C'est justement ça qui fait notre force. Nous sommes soudés dans les bons moments comme dans les mauvais. Si quelqu'un ose sans prendre à l'un d'entre nous, c'est toute la Meute qui réagit. Tu comprends ? lui demandai-je doucement.

— Oui. Oui, maintenant je comprends, me répondit-elle d'une voix rauque.

— Les vraies questions que tu devrais te poser à présent sont : est-ce que tu as envie de cette vie avec nous, avec moi ? Est-ce que tu es prêtes à nous laisser prendre soin de toi et t'aider ? Où préfères-tu fuir seule et continuer à survivre pour le restant de ta vie ?

Je l'observai réfléchir, attendant patiemment sa décision. Toutefois, je ne lui dis pas que de toute façon, il était inconcevable pour moi de la laisser partir.

— Je ne sais pas ce qui va se passer, ou si je vais y arriver. Mais ... j'aimerai essayer, me souffla-t-elle avec émotions. J'aimerais bien faire partie de cette famille moi aussi, même si je suis morte de peur, m'avoua-t-elle timidement.

Je relâchai enfin tout l'air bloqué dans mes poumons. N'y réfléchissant plus, je l'attrapai dans mes bras pour l'attirer sur mes genoux. Lovée à la perfection contre ma poitrine, je plongeai ma tête dans son cou pour la humer. Si Luna se raidit sur le coup de mon étreinte surprise, elle se détendit aussitôt, en se fondant un peu plus contre moi à chaque seconde. Même Aïko ronronna presque de bien-être.

> — Merci ma belle. Tu ne sais pas à quel point ta confiance et ton courage me touchent, lui chuchotai-je à l'oreille.
> — Quoi qu'il arrive, tu ne m'abandonneras pas, hein ? me demanda-t-elle d'une voix tremblante et inquiète.

Je me redressai brusquement pour plonger dans ses yeux afin de lui faire comprendre le sérieux de mes paroles.

> — Jamais, Luna. Je te l'ai dit, tu es mienne et je suis tien. Rien ne pourra jamais changer cela. Ok ?

Elle me scruta un instant avant d'acquiescer. Puis, elle reposa doucement sa tête sur mon torse. Je l'étreignis plus étroitement. Je ne sais pas combien de temps nous restâmes ainsi, une minute ou une éternité, mais une chose était sûre, là était notre place.

Chapitre 16

Luna

Assise sur une chaise longue, j'observai les membres de la Meute rire et plaisanter, tout en finissant les préparatifs du repas de ce soir. Il avait été décider de faire un barbecue géant ouvert à tous les métamorphes du territoire d'Asher. Apparemment c'était un évènement régulièrement organisé pour réunir et garder un lien avec tous les membres n'habitant pas sur la propriété de la villa.

J'avais donné un coup de main aux filles une bonne partie de l'après-midi, mais elles venaient gentiment de me congédier quelques minutes auparavant, ce qui me laissait le temps de faire grimper mon anxiété. Je m'étais donc confortablement installée sur la terrasse de la villa, pour essayer de me détendre. J'inspirai doucement profitant du soleil qui me caressait la peau. Je me perdis aussitôt dans mes pensées, pour éviter d'angoisser encore plus face à l'épreuve qui m'attendait ce soir. Bien que la discussion que j'avais eu avec Asher m'avait réellement apaisée, j'appréhendais beaucoup de me retrouver entourée par tant de monde. Je lui avais fait la promesse d'essayer de m'intégrer dans cette nouvelle vie, alors je me devais de faire au mieux pour tenir ma promesse. La journée d'hier avait décidément été riche en émotions. Je ne m'y étais pas du tout attendue. Asher m'avait surprise et profondément touchée. Ma colère envers lui s'était évaporée, alors que ses paroles avaient été un véritable baume au cœur. Il avait réussi à démonter toutes mes craintes les unes après les autres. Et que dire de sa douce étreinte. Dans ses bras je m'étais sentie si apaisée, si sereine, mais j'avais surtout découvert un instant de bonheur tout simple. Nous nous étions endormis ainsi sous sa pergola, et pas une seule fois il n'avait relâché sa prise autour de moi. Nos corps entrelacés m'avaient offert, jusqu'à présent, la plus belle nuit de toute ma vie. Je me demandais comment j'allais pouvoir gérer des émotions aussi intenses, surtout quand notre relation et nos échanges évolueraient de manière plus intime. Rien que d'y penser, je sentis mes joues s'embraser et mon corps s'échauffait brusquement, éveillant des sensations ainsi que des zones encore inconnues de mon être.

« *Mon Dieu, si je réagis déjà ainsi en pensant à lui, qu'est-ce que ça va être le jour où il me touchera vraiment ?* », me demandai-je bêtement, quelque peu énervée par mon inexpérience.

Une inquiétude monta soudainement en moi comme un raz-de-marée. Plusieurs questions s'insinuèrent dans mon esprit presqu'à m'en donner le tournis. Et s'il n'avait pas la patience d'attendre ? Et si je ne lui convenais pas intimement ? Je savais qu'il avait beaucoup d'expérience avec les femmes alors que moi je n'en avais aucune. Alors est-ce qu'il se lasserait facilement de moi ? Et l'autre question que je me posais, était de savoir si j'allais réussir à m'intégrer dans la Meute ? Et si je n'y arrivais pas, est-ce qu'il m'abandonnerait ? Je sursautai lorsqu'Aaron m'interpella. Je tournai la tête, le voyant s'approcher de moi d'un air inquiet, accompagné d'Ethan et Lenny. Ils prirent place sur les chaises autour de la mienne.

— Est-ce que tout va bien ? me demanda doucement Aaron en m'analysant.
— Oui. Oui, ça va, le rassurai-je immédiatement en me redressant pour leur faire face.
— Bonjour Luna, me salua respectueusement Lenny.
— Bonjour, lui retournai-je.
— Alors, tu es prête pour le grand bain ? m'interrogea gaiement Ethan.
— Pas vraiment, grimaçai-je malgré moi.
— Allez, ne t'inquiète pas. On ne te lâchera pas d'une semelle, m'annonça-t-il sans perdre sa bonne humeur.
— Euh ... d'accord. Merci, lui dis-je reconnaissante.

Je devais bien m'avouer que cela me rassurait grandement. Puis, une autre inquiétude me gagna.

— Est-ce que vous savez qui m'a attaqué l'autre soir ? demandai-je.
— Non, toujours pas, intervint Asher en nous rejoignant. Et nous n'avons pas son odeur non

plus, puisque lui aussi l'avait brouillée comme les autres.

Il prit place près de moi, tout en m'enlaçant naturellement d'un bras autour de ma taille.

— D'ailleurs, je n'ai pas eu le temps de te poser des questions sur ce qui s'est passé au bar, avec le gars qui t'a fait peur.

Je le regardai bouche-bée, puis soupirai en fusillant Ethan du regard.

— Ne me regarde pas comme ça, se dédouana-t-il en levant les mains en l'air, comme pour se rendre. Asher est mon Alpha, c'est normal que je l'informe de cet incident.

— Est-ce que tu avais déjà vu ce type avant ? me demanda Asher.

— Non, c'était la première fois que je le voyais, dis-je en secouant la tête.

— Qu'est-ce que tu peux nous apprendre sur lui ? Que t'a-t-il dit ?

Je réfléchis pour me remémorer l'échange flippant que j'avais eu avec lui. Mais avant de prendre la parole, je regardai autour de moi pour être sûre de ne pas être entendue par des oreilles indiscrètes.

— Il est venu avec Jada. C'est elle qui nous a présenté. Il s'appelle Drake. Je ne sais pas pourquoi, mais elle lui a manifestement parlé de moi. Leur comportement m'a paru vraiment bizarre à tous les deux, les informai-je en frissonnant à ce souvenir.

Je sentis immédiatement la prise d'Asher se resserrer autour de moi.

— Ce Drake, il me regardait d'une façon étrange alors ... j'ai lu en lui, soufflai-je.

— Tu as lu en lui ? me questionna Ethan, d'un air perplexe.

Je hochai la tête et repris.

— C'est un métamorphe tigre. J'ai tout de suite pris conscience qu'il était dangereux et dérangé. Quand Jada est allée aux toilettes, il m'a attrapé la main et m'a demandé si on pouvait se retrouver plus tard ... pour faire plus ample connaissance. J'ai immédiatement refusé et c'est là qu'il m'a annoncé qu'on se reverrait très bientôt. La façon dont il me l'a dit, je l'ai vraiment pris comme une menace.

Asher se mit à gronder en me fixant intensément. Sans préméditer mon geste, je lui caressai instinctivement sa cuisse jusqu'à l'apaiser.

— Attendez une seconde, intervint brusquement Lenny. Dans les infos que Kris nous a donné sur Ezra Thomson, l'humain qui s'était présenté chez Mme Thomas, me précisa-t-il, son homme de main est un bien un métamorphe tigre, non ?

— Bordel, tu as raison, s'exclama Ethan en se redressant sur sa chaise.

— Bon sang, ça ne peut pas être une coïncidence, gronda Asher en se passant une main dans ses cheveux.

— J'appelle immédiatement Kris pour l'informer de nos doutes, pour voir ce qu'il peut trouver, lança Ethan en se levant, son téléphone déjà en main.

— Vous connaissez l'homme qui en a après Mme Thomas ? osai-je demander.

Après un regard à ses Lieutenants et à son Bêta un peu plus loin, Asher se tourna vers moi, décidant certainement de m'exposer les faits de la situation actuelle.

— Ce sont des informations que nous ne partageons qu'entre hauts gradés de la Meute, seulement, vu que tu es également prise pour cible, je pense qu'il vaut mieux que tu sois dans la confidence, toi aussi.

Je hochai la tête en prenant soin d'être très attentive à ses paroles.

— Donc, ce que nous savons jusqu'à présent, c'est que l'homme qui a fait l'offre d'achat à Mme Thomas est un humain du nom d'Ezra Thomson. C'est un redoutable homme d'affaire qui vend ses services à de riches clients. Sur le papier, il est irréprochable et toujours dans la légalité. Cependant, on a découvert que dans l'ombre, il fait appel à son homme de main quand les affaires ne vont pas dans son sens, ou assez vite pour ses « associés ». Ce mec est un vrai fantôme. La seule chose qu'on a apprise sur lui pour l'instant, c'est que c'est un métamorphe tigre et que, malheureusement, tous ceux qui ont croisé sa route ne sont plus là pour en parler.

— Et vous pensez que ce Drake pourrait être cet homme ? Et il en a après Mme Thomas ? demandai-je immédiatement alarmée par ces informations.

— Ne t'inquiète pas, Mme Thomas est hors de danger. De toutes façons, nous sommes convaincus que ce n'est pas elle qui était visée, mais bel et bien la Meute, même si nous ignorons encore pourquoi et surtout par qui.

— Elle ne risque plus rien, tu es sûr ? lui redemandai-je vraiment très inquiète.

— Oui. J'ai fait savoir, autour de nous, que nous avions racheté sa propriété pour qu'elle ne soit plus inquiétée, m'expliqua-t-il en faisant des cercles dans mon dos avec sa main pour m'apaiser.

— Tu as vraiment fait ça ? m'exclamai-je stupéfaite.

— Bien sûr, même si c'était dans l'intérêt de tous, il était hors de question que notre petite Dame pâtisse de cette situation et se retrouve sans rien.

Je ne pus m'empêcher de le regarder avec tendresse. Il cachait bien son jeu mais je me rendais peu à peu compte de l'homme qu'il était réellement. Et ce que je découvrais me plaisait de plus en plus, tout en me confortant dans ma décision de tenter l'aventure avec lui.

— Kris a peut-être trouvé un témoin qui pourrait nous renseigner. Il a également mis une de ses connaissances sur le coup pour surveiller l'homme d'affaire. Le but étant de le prendre en photo avec ses relations, pour découvrir à qui nous avons affaire, nous informa Ethan en revenant vers nous. Il nous tient au courant dès qu'il en sait plus.

— Et Jada, elle ne peut pas vous renseigner sur ce Drake ? les questionnai-je, en me souvenant de ce détail.

— Dès qu'on mettra la main dessus, on l'interrogera. Selon sa voisine de palier, elle serait partie quelques jours chez une cousine éloignée, le soir même de ton accident. Et comme par hasard, personne n'arrive à la joindre depuis, grogna Aaron l'air mauvais.

— Oh, lâchai-je, faute de mieux.

Le silence se fit quelques instants, puis Asher se racla bruyamment la gorge pour nous sortir de nos pensées.

— Qu'est-ce que vous diriez si on laissait tout ça de côté pour profiter de la soirée. Je crois qu'on devrait se mêler à la fête avant que les filles ne viennent nous étriper si nous ne nous ramenons pas rapidement, nous informa-t-il à voix basse en jetant un regard en direction des festivités.

— Oh merde, tu as raison. Elles nous dévisagent avec une certaine insistance, lança Lenny en les regardant, lui aussi.

— Je sens leur impatience monter, nous informa Aaron en grimaçant.

— Allons-y alors, s'alarma Ethan en faisant volte-face pour aller les rejoindre.

Je ne pus m'empêcher de pouffer devant ses grands mâles dominants qui se mettaient à flipper devant des femmes au fort caractère. Je hoquetai de surprise et clignai de yeux lorsqu'Asher me remit soudainement debout sur mes pieds.

> — Ne rigole pas, tu ne sais pas ce qu'elles pourraient nous faire si on les contrariait, me dit-il en me fusillant du regard en essayant de garder son sérieux, alors que les autres filaient déjà à grands pas.

Sur le coup, j'éclatai carrément de rire face à lui. Il me fallut un instant pour revenir de mon amusement. Alors qu'il me regardait avec douceur et un petit sourire au coin des lèvres, je sentis sa grande main s'entrelacer à la mienne.

> — Tu es magnifique quand tu ris. Tu devrais le faire bien plus souvent, me susurra-t-il en caressant ma joue avec le pouce de sa main libre.

Je sentis une chaleur m'envahir dans tout mon être, alors qu'il s'approchait lentement de moi pour m'embrasser. Il m'offrit un baiser doux et tendre, sa langue s'insinuant dans ma bouche pour danser avec la mienne. Ce contact m'électrisa en me donnant envie de plus. Mon corps se pressa de lui-même plus fortement contre lui. Un gémissement m'échappa lorsque je sentis une certaine partie de son corps dur comme le roc contre mon bas-ventre. Mais trop vite à mon goût, il mit fin à notre délicieuse étreinte. Il se recula de quelques centimètres en soupirant et en me dévorant du regard.

> — Il est préférable qu'on aille les rejoindre, sinon je ne réponds plus de rien, marmonna-t-il

d'un air contrarié, qui me fit rougir jusqu'à la racine des cheveux.

Sans un mot de plus, je le laissai m'entraîner avec lui, main dans la main, vers la foule qui s'était agrandit pendant notre parenthèse.

Malgré mes réticences et mes craintes, la soirée se passa étonnamment bien. Je me surpris même à apprécier les différentes interactions échangeaient avec plusieurs membres de la Meute. Ce fut sans doute dû au fait qu'Asher ne me lâchait pas d'une semelle. Rien qu'avec sa présence auprès de moi, je me sentais plus détendue et apaisée. Sans en avoir l'air, il gardait en permanence un œil sur mes réactions et me rassurait avec des gestes tendres, dès qu'il sentait que je me crispais, ou que j'étais mal à l'aise. Je ne l'en remerciai que davantage. Assise à ses côtés autour d'une grande table, je l'observai un moment à la dérobée. Je ne pus que constater qu'en peu de temps, ce mâle Alpha avait réussi à détruire les barrières que j'avais érigées autour de moi. Je me sentais fondre un peu plus à chacune de nos interactions. Toutefois, un sentiment de peur s'insinua en moi lorsque je pris conscience que si je le laissais s'immiscer dans mon cœur, il avait la possibilité de me faire du mal et de me briser.

Chapitre 17

Asher

J'esquissai un sourire en sentant l'attention de Luna tournait discrètement vers moi. Elle semblait perdue dans ses pensées, alors qu'un sourire timide s'inscrivait sur ses lèvres douces. L'envie de la revendiquer entièrement se fit encore plus pressante. Je souhaitais ardemment approfondir notre lien, tout en explorant la forte alchimie qui s'accroissait entre nous.

Malheureusement, je fus détourné de mes désirs en apercevant la personne qui venait de faire irruption à notre soirée. Plusieurs grognements agacés me parvinrent, alors que je sentis ma petite femelle se redressait et se crispait, à mes côtés. Je m'empressai de poser une main sur sa cuisse, en effectuant des cercles de mon pouce pour l'apaiser, tout en dévisageant Jada d'un regard dur. La voix nasillarde de celle-ci m'agressa immédiatement les tympans, et me fit grincer des dents, dès qu'elle prit la parole.

— Bonjour tout le monde, je suis rentrée, lança-t-elle gaiement, comme si la fête était donnée en son honneur.

« *Comme si ça intéressait quelqu'un* », ironisai-je pour moi-même.

Je scrutai mes camarades qui avaient l'air du même avis.

— Allez, dites-le que je vous ai manqué, ajouta-t-elle avec prétention.
— Pas vraiment, marmonnèrent certains.

Je décidai de prendre immédiatement les choses en main. Je me levai en adressant un discret signe de tête à Clay et Nolan qui se tenaient non loin. Ils comprirent et se dirigèrent discrètement vers notre invitée surprise. Je demandai également à Aaron et Lenny de rester avec Luna. Je fis ensuite le tour de la table pour me placer devant Jada qui, se méprenant sur mes intentions, m'offrit un sourire aguicheur.

— Allons parler dans mon bureau, Jada. Je crois que nous avons beaucoup de choses à nous dire, lui dis-je d'une voix faussement sensuelle, pour rentrer dans son jeu.
— Oh, mais je n'attends que ça, minauda-t-elle en papillonnant des yeux, de manière experte.

J'attrapai son bras pour l'entraîner à ma suite vers la villa, suivis de près de mes Lieutenants.

Une demi-heure plus tard, elle fut escortée au portail de notre propriété mais, à ce moment-là, une expression bien différente s'inscrivait sur son visage. Je rejoignis l'extérieur alors que la fête battait son plein. Je cherchai Luna des yeux, sans résultats. Aaron me rejoignit pour me rassurer.

— Tout va bien. Luna était fatiguée. Nous l'avons raccompagné jusqu'au chalet, m'annonça-t-il.
— Merci. Je vais aller la rejoindre de ce pas, l'informai-je.

Cependant, il m'interrompit et remarquant son inquiétude pour ma compagne, je décidai de rapidement le mettre au courant des dernières informations en notre possession.

— Et Jada, ça a donné quoi ?
— À mon avis rien qui vaille malheureusement, soupirai-je en me frottant la mâchoire. Apparemment, le gars l'a accosté dans un bar. Comme tu peux l'imaginer, elle a été plus que bavarde, surtout qu'il avait l'air très intéressé par toutes les informations qu'elle lui débitait. À ce qu'elle a bien voulu nous dire, elle a surtout parlé de la Meute et de moi, enfin de ses « sentiments » pour moi, précisai-je en mimant les guillemets. En revanche, il a été plus que curieux quand elle s'est ouvertement mise à dénigrer Luna. Il lui a demandé de faire les présentations. C'est pour cette raison qu'ils ont débarqués « À l'Opale ».
— Pourquoi voulait-il voir Luna ? grogna Aaron en fronçant les sourcils.
— Je ne sais pas vraiment, mais en sortant du bar, il lui a proposé son aide. Il devait se charger de séduire Luna pour que de cette façon, Jada est le champ libre pour me séduire, grimaçai-je, irrité.

— Attend, tu es sérieux ? me demanda-t-il, n'en revenant pas.

— Est-ce que j'ai l'air de plaisanter, lâchai-je en le regardant gravement.

— Merde ... s'exclama-t-il. Et Jada ?

— Je lui ai interdit l'accès à la propriété de la villa et de notre bar, pour un bon moment. Mais on en reparlera plus tard. Pour le moment, je veux m'assurer que ma femelle va bien.

— Bien sûr. Je comprends et tu fais bien, approuva-t-il en souriant.

En arrivant au chalet, je découvris ma petite femelle confortablement installée sous ma pergola. Je souris en la voyant enroulée dans un plaid, lovée sur mon canapé. J'avais le sentiment que je la trouverais souvent ainsi. Elle avait l'air de beaucoup apprécier cet endroit en particulier.

— Tout va bien ? me demanda-t-elle en me regardant approcher.

Comme la fois précédente, je pris place sur la table basse pour lui faire face.

— Oui, ne t'inquiète pas. Tout va bien, lui répondis-je rapidement, n'aimant pas voir cette incertitude dans ses beaux yeux.

— Et Jada ?

— Ne t'en fais pas pour ça, c'est réglé. Et pour ton information, sache que je lui ai interdit l'accès de notre propriété ainsi que celle du bar, pour un temps encore indéterminé.

Je vis ses épaules se relâchaient instantanément, alors qu'un soupir de soulagement lui échappait. Je décidai donc de changer de sujet. À cet instant précis, je désirais uniquement me concentrer sur elle pour mieux la connaître.

— À part ça, est-ce que tu as apprécié la soirée de la Meute ? lui demandai-je avec espoir.

J'avais fait mon possible, tout au long de la soirée, pour qu'elle se sente à l'aise et en sécurité. J'espérais vraiment avoir réussi.

— Oui. Je dois t'avouer que ça m'a même plu. Et ... merci d'avoir été là pour moi ce soir, me dit-elle timidement.

Je pris doucement ses petites mains dans les miennes, tout en l'attirant un peu plus près de moi.

— Je te l'ai déjà dit, ma belle, je serai toujours là pour toi quoiqu'il arrive, déclarai-je en plongeant mon regard dans le sien.

La tension autour de nous changea lorsque je la vis s'humecter les lèvres avec sa langue, alors que ses yeux se posèrent sur ma bouche avec une lueur d'envie. Malgré mon désir irrépressible de l'embrasser et de répondre à cette invitation silencieuse de sa part, je décidai néanmoins d'en faire abstraction. Depuis notre dernière conversation, j'avais beaucoup réfléchi à la meilleure manière de m'y prendre avec elle. Et une chose m'était apparue évidente. En tant que métamorphe, nous étions de nature très tactile. Nous avions besoin de ces contacts physiques et de répondre à nos besoins primaires. Le sexe était d'ailleurs un bon moyen d'y remédier. Mais Luna, elle, ne fonctionnait pas ainsi. Bien au contraire. Selon ses dires, elle avait fui cette partie d'elle-même en refusant à quiconque de l'approcher. Malheureusement, en n'acceptant aucun de ces contacts, elle était allée à l'encontre de tous ses instincts. Et aujourd'hui, elle ne savait plus fonctionner autrement. J'avais donc, même si cela allait être une véritable torture pour moi, pris la décision de changer cet état de fait, avant de penser à approfondir nos échanges en quelque chose de plus intime. Je voulais y aller en douceur parce que je savais que c'était indispensable pour l'évolution de notre relation. Ce soir, pendant la soirée, Luna avait fait un premier pas en se joignant aux autres membres de la Meute. Elle n'était pas restée inactive ou en retrait. Je l'avais observé participer et se laisser aller peu à peu. Même si j'étais persuadé que ma présence à ses côtés devait y être pour beaucoup, je n'en étais pas moins satisfait. À présent, j'avais une autre idée que je voulais mettre en pratique.

— Il est tard ma belle. Que dirais-tu si on allait se coucher ?

Je vis un éclair de déception passer sur son visage, alors qu'elle baissa la tête pour échapper à mon regard. Cependant, je ne lui permis pas de se dérober. Je pris son menton d'une main douce mais ferme pour le relever. Dès que nos yeux se rencontrèrent de nouveau, je repris la parole.

— Luna, j'aimerais que l'on dorme ensemble cette nuit, lui lançai-je de but en blanc. Juste pour dormir, ajoutai-je en la voyant écarquiller les yeux et rougir violemment. J'ai juste besoin d'être à tes côtés. Il ne se passera rien d'autre, je te le promets. Et puis, ce n'est pas comme si c'était la première fois, lui dis-je avec un petit sourire ironique pour essayer de la détendre. Qu'en penses-tu ?

Je la vis déglutir difficilement et réfléchir à toute vitesse. J'attendis patiemment sa réponse, en me demandant si c'était une bonne idée en fin de compte. Je ne voulais pas l'effrayer. Et bien que je crevais d'envie de passer le plus de temps possible à ses côtés, j'avais juste imaginé qu'ainsi, elle s'habituerait plus facilement à ma présence. J'étais persuadé que c'était nécessaire avant tout autre rapprochement entre nous. Toutefois, elle me surprit en prenant la parole, alors que j'étais sur le point de lui dire de laisser tomber.

— Oui, j'aimerais beaucoup, dit-elle d'un air déterminé, alors que je retins un soupir de soulagement.

Lorsque nous nous retrouvâmes enfin tous les deux étendus dans mon lit, je pris conscience que j'avais raison, que c'était une bonne idée, mais que c'était également une véritable torture pour moi. La sensation d'avoir Luna abandonnée dans mes bras, son corps pressé contre le mien, sa tête nichée au creux de mon épaule, ainsi que sa main posée sur mon torse, était tout simplement incomparable. En temps normal, je ne dormais jamais avec les femelles que je fréquentais pourtant, concernant Luna, je ne souhaitais pas être à un autre endroit. Tous deux enlacés ainsi, rien ne me semblait plus naturel et plus vrai.

— Asher, j'ai pensé à quelque chose et je voudrais savoir ce que tu en penses, me dit-elle d'une voix douce, en me sortant de mes pensées.
— Bien sûr. Je t'écoute. De quoi voulais-tu me parler ? lui demandai-je.

Inconsciemment, je resserrai un peu ma prise autour d'elle en posant mon menton sur le haut de son crâne, alors que mes mains effectuaient des cercles lents dans son dos.

— Est-ce que tu serais d'accord pour que j'installe des protections magiques sur toute la propriété ? me demanda-t-elle dans un souffle.
— Que veux-tu dire par là ? Comment cela fonctionnerait-il ? la questionnai-je, très surpris par sa demande.
— Ce n'est pas grand-chose, reprit-elle gênée. Personne ne le verrait, ou le sentirait. Pour t'expliquer, c'est un peu comme un grand cercle invisible. Tant qu'il n'y a pas de personnes malintentionnées qui entrent à l'intérieur, rien ne se passe. En revanche, si cela se produit, et qu'une de ces personnes passait le périmètre que j'ai protégé, j'en serais immédiatement avertie.
— De quelle manière exactement ?
— Eh bien, je suis reliée psychiquement à la magie que je projette. Donc, je le ressentirais physiquement.
— Est-ce que ça pourrait être douloureux pour toi ? voulus-je savoir, n'aimant pas du tout cette perspective.

— Pas vraiment. Je dirais que c'est plutôt une sensation désagréable. Mais elle peut-être plus ou moins intense selon le degré de la menace.

— C'est ce qui s'est produit au bar quand il y a eu l'intrusion chez Mme Thomas, et aussi le jour de l'incendie, compris-je en rassemblant les évènements.

— Oui. J'ai ... vraiment besoin de le faire. Je me sentirai plus en sécurité ainsi et je serai rassurée aussi pour les autres, de savoir qu'il ne peut rien leur arriver de mal, mais ... c'est ton territoire alors je comprendrais si tu ...

— Eh, ma belle, la stoppai-je en roulant au-dessus d'elle, nos visages à quelques centimètres à peine. Tu es ici chez toi maintenant. Cette Meute et ce territoire t'appartiennent tout autant qu'à moi, à présent. Puis, dans un futur proche, j'espère que tu me feras l'honneur de devenir officiellement ma compagne de vie. Et lorsque ce sera le cas, tu deviendras incontestablement la femelle Alpha de notre Meute.

J'observai avec attention toutes les émotions qui défilaient sur son visage, face à cette déclaration inattendue. Je pouvais lire dans ses yeux embués de larmes contenues, de la surprise, de la joie mais aussi de l'inquiétude et peut-être un peu de peur.

— Ne panique pas. Nous avons tout notre temps. Nous irons au rythme qui te conviendra, la rassurai-je rapidement.

Sans pouvoir m'en empêcher plus longtemps, je fondis sur sa bouche pour un lent et doux baiser enivrant. Toutefois, j'y mis fin rapidement avant de ne plus pouvoir m'arrêter. Je m'étendis de nouveau sur le dos, l'entraînant avec moi pour que nous reprenions notre position initiale.

> — Si tu as besoin de mettre cette protection en place pour te sentir bien, je ne m'y opposerai pas. Et je te remercie de vouloir nous protéger de cette manière. En revanche, j'aimerais d'abord en parler avec mes Lieutenants pour qu'ils nous donnent leurs avis et que nous puissions définir un périmètre exact qui conviendrait à tous. C'est ainsi que nous fonctionnons, en écoutant les opinions de chacun, pour le bien de tous. Est-ce que ça te va ?
> — Oui, soupira-t-elle soulagée, en se pressant un peu plus contre mon corps. Merci, Asher.
> — Ne me remercie pas, ma belle. Je ferai toujours ce qui en mon pouvoir pour que tu te sentes bien et en sécurité. Maintenant, tu devrais dormir, il est tard.
> — Bonne nuit, Asher.
> — Bonne nuit, ma chérie.

Je souris lorsque son souffle se fit plus lent et profond, m'indiquant qu'elle s'était déjà assoupie. Je plongeai mon nez dans ses cheveux pour me gorger de sa délicieuse odeur, et finis par sombrer à mon tour dans un sommeil réparateur.

Chapitre 18

Luna

Depuis plusieurs jours, je ne me reconnaissais plus. Pourtant, je découvrais simplement des plaisirs du quotidien. Sans les voir défiler, deux semaines étaient déjà passées depuis la grande soirée de la Meute. Asher était constamment aux petits soins pour moi. Malgré tout, j'avais beaucoup de mal à faire taire ma peur de l'abandon.

Je n'arrivais pas encore à m'expliquer l'avancée de notre relation. Asher et moi passions toutes nos nuits ensembles, serrés l'un contre l'autre. Et même s'il travaillait beaucoup, il prenait toujours le temps de me rejoindre pour les repas, que ce soit à la villa comme au bar lorsque je travaillais. À cause de mon accident de voiture, les mâles de la Meute avaient refusé de me laisser reprendre le service du soir, et malgré toutes mes contestations, je n'avais pas eu gain de cause. De ce fait, j'étais cantonnée au service du midi. Mais en fin de compte, ce n'était pas pour me déplaire puisque je pouvais profiter de mes soirées avec mon compagnon. Au fil des jours, je me sentais fondre de plus en plus. J'avais encore du mal à le considérer de cette manière, toutefois je devais bien m'avouer que j'étais irrévocablement en train de tomber amoureuse de lui. Je n'avais encore jamais expérimenté ce sentiment, cependant cela me paraissait évident à présent. Peu à peu, j'arrivais à mettre des mots sur ce que je ressentais. C'était une sensation indescriptible, même si cela me faisait peur. J'avais l'impression que ça allait trop vite et que c'était trop intense. Je savais que si Asher ne ressentait pas la même chose pour moi, je me briserais à jamais. Donc, une fois de plus, je gardais mes émotions secrètes, enfouies au fond de moi. J'avais beau me sentir heureuse, je ne pouvais pas m'empêcher de douter. Ne connaissant pas le fonctionnement d'une relation telle que la nôtre, j'avais beaucoup de mal à démêler toutes les zones d'ombre qui se présentaient à moi. Je ne comprenais pas pourquoi il ne tentait jamais rien de plus, surtout que nous dormions l'un contre l'autre chaque soir. Il restait toujours respectueux. Il me touchait constamment, seulement ce n'était jamais de manière plus charnelle. Je savais bien qu'il voulait aller doucement pour ne pas me brusquer. Mais, j'en venais souvent à me demander s'il voulait vraiment avoir une relation plus intime avec moi. Je me sentais frustrée, surtout que de mon côté j'avais l'impression de me consumer de l'intérieur. J'avais énormément de mal à canaliser cette tension qui s'accroissait dans tout mon corps, à chaque fois qu'il se tenait à proximité. Des rêves de plus en plus érotiques s'étaient même immiscés dans mes songes la nuit. J'en étais arrivée à un point où je ne souhaitais qu'une seule chose : qu'il me prenne sans considérations, ni modération, pour enfin apaiser cette faim qui me dévorait les entrailles. Cette situation était vraiment incompréhensible. D'ailleurs et à ma grande surprise, il n'y avait pas que celle-ci qui l'était. Mes liens avec les membres de la Meute avaient considérablement évolué eux aussi. Je ne savais pas comment ils s'y étaient pris, mais ils avaient réussi à m'apprivoiser, sans m'en apercevoir. Et même si je restais toujours un peu sur mes gardes, à présent, j'échangeais avec eux de manière spontanée et naturelle. Au fil des jours, je ressentais une étrange connexion se mettre en place dans mon esprit, me reliant à chacun d'eux. Cela ressemblait beaucoup au lien qu'un Alpha partagerait avec sa Meute. Ce devait certainement être encore une autre anomalie chez moi. Je ne savais pas vraiment, pourtant grâce à ça, ma confiance envers la Meute devenait une évidence, du moins avec les membres qui habitaient à la villa.

Lorsque je m'éveillai d'un coup, je constatai immédiatement l'absence d'Asher à mes côtés. Et pour la première fois, j'en fus soulagée. Ma respiration était haletante, mon corps recouvert de sueur, mon intimité pulsait d'un désir et d'un besoin inassouvi, tandis que le sang qui bouillonnait dans mes veines me brûlait de l'intérieur. J'avais dû me rendormir après son départ et plonger dans un de ces rêves qui ne me quittait plus ces derniers jours. Mais là, je pouvais affirmer qu'il avait gagné en intensité. Cela faisait deux jours que je me sentais épuisée et bizarre, et malheureusement, je constatai que mon état avait encore empiré. Je sortis de mon lit et me traînai douloureusement jusqu'à la salle de bain. Mon corps était courbaturé, hyper sensible et tendu à l'extrême, tout en me sentant fiévreuse. Je me glissai rapidement dans la grande douche d'Asher, en ouvrant le robinet à fond sur l'eau froide. Je clignai plusieurs fois des yeux et fronçai les sourcils en voyant de la vapeur s'échapper de mon corps, partout où l'eau me touchait.

« *Merde, je crois que j'ai un sérieux problème là* », constatai-je ébahie en inspectant mon corps sous toutes les coutures.

Puis, je hurlai de frayeur lorsque la porte de la salle de bain s'ouvrit à toute volée pour percuter le mur. Instinctivement, je m'enroulai dans mes bras pour cacher ma nudité. Quand je repris mon souffle, je vis Asher qui se tenait immobile dans l'encadrement de la porte.

— Mais ça ne va pas, non. Tu m'as fait super peur. Et qu'est-ce que tu fous là ? m'emportai-je, outrée par son comportement.

Je n'eus pas le temps d'ajouter quoique ce soit, qu'il fondit sur moi. Il m'arracha de ma douche pour me plaquer contre son corps massif dans une brusque étreinte.

— Asher ? Qu'est-ce que … ?

Je me statufiai dans ses bras en l'entendant ronronner tout en frottant son visage contre ma joue, mes cheveux et dans mon cou. Je le sentis trembler de tous ses membres contre moi, alors que sa respiration était saccadée et bruyante. Je fis de mon mieux pour reculer ma tête pour chercher son regard et sursautai de surprise en y découvrant ses yeux de Loup.

— Aïko ... soufflai-je, décontenancée.

Il me plaqua de nouveau contre lui pour continuer à me câliner, tout en ronronnant encore plus fort.

« *Mais bon sang, que se passait-il ?* », me demandai-je en enroulant mes petits bras autour de sa taille, pour lui frotter doucement le dos.

Je ressentis son besoin immédiat de contacts physiques et, malgré ma nudité évidente, cela ne posa pas de problèmes de me coller à son corps, puisqu'Aïko avait l'air d'avoir pris les commandes. Je lui rendis donc son étreinte pour l'apaiser au mieux. En revanche, je me figeai de nouveau quelques minutes plus tard, quand je sentis plusieurs présences s'approcher, au même moment où Asher, enfin Aïko, se mit à gronder férocement en m'écrasant plus fort contre son torse, certainement pour me protéger et me soustraire à la vue des autres.

— N'avancez pas, criai-je avant qu'ils ne nous découvrent ainsi, alors que je les sentais déjà entrer dans la chambre.
— Luna, est-ce que tout va bien ? me demanda Ethan d'une voix inquiète.
— Oui. Mais Asher n'est pas ..., et moi je suis entièrement nue, alors restez où vous êtes, ordonnai-je, mal à l'aise.
— Est-ce qu'il t'a fait du mal ? me questionna la voix d'Harmony.
— Non. Mais je ne comprends pas ce qu'il se passe, leur avouai-je complètement perdue.
— On n'en sait pas plus non plus. On était en réunion quand il a commencé à se comporter

bizarrement. Ensuite son Loup a émergé dans son regard et il est sorti en trombe sans qu'on arrive à le retenir.

— Oh, soufflai-je en continuant à essayer d'apaiser Aïko.

— Luna, penses-tu pouvoir faire revenir Asher pour qu'on puisse savoir ce qu'il se passe ? m'interrogea Harmony d'une voix professionnelle.

— Je vais essayer mais vous devez vous éloigner pour ça, sinon je n'y arriverai pas dans son état, leur expliquai-je.

— D'accord, on va vous attendre sous la pergola. N'hésite pas à crier si tu as besoin d'aide, m'informa sérieusement Ethan en grommelant.

— Ok, confirmai-je.

J'attendis d'avoir la confirmation de leur départ avant de reporter mon attention sur mon compagnon.

— Aïko, je suis très heureuse que tu sois là avec moi, mon grand, mais j'ai vraiment besoin d'Asher maintenant, lui susurrai-je doucement en lui envoyant des ondes bienfaisantes.

Cependant, il me fallut redoubler d'énergie avant de constater le moindre changement. Je sentis immédiatement l'instant où Asher me revint. Sa prise autour de moi se fit plus douce alors que ses mains caressaient ma peau nue avec des gestes lents.

— Euh ... Asher ? lui demandai-je, en me râclant bruyamment la gorge.

Pour seule réponse, il replongea sa tête dans mon cou pour me humer profondément. Un frisson me parcourut le corps de la tête aux pieds alors que je m'embrasais de nouveau de l'intérieur.

— Asher, ce serait bien que tu me relâches maintenant, les autres nous attendent en bas, et ... je suis nue, lui soufflai-je, gênée.
— De mon point de vue, ça ne me dérange absolument pas, me susurra-t-il d'une voix rauque. Malheureusement tu as raison, nous devons aller retrouver les autres.

Je m'enroulai précipitamment dans mes bras lorsqu'il me relâcha enfin et recula de quelques pas. Je le vis me détailler sans gênes alors que mes joues s'échauffaient sous son inspection.

— Oui, vraiment très intéressant, dit-il avec un petit sourire en coin. Rejoins-nous dès que tu seras prête, me lança-t-il en se détournant de sa vision.

Je soufflai de soulagement puis me précipitai pour me préparer.

Cinq minutes plus tard, j'étais installée sur le canapé sous la pergola, entourée d'Asher, Harmony, Ethan et Aaron.

— Asher peux-tu nous expliquer ce qu'il s'est passé exactement ? lui demanda Harmony avec un grand sérieux.
— C'était très étrange, se confia-t-il le regard perdu dans le vague, comme s'il se remémorait ses souvenirs. On était en réunion avec les gars, puis d'un seul coup,

j'étais en plein rêve. Je n'avais jamais connu ça auparavant, j'avais vraiment l'impression que c'était réel. Je ressentais tout ce qu'il s'y passait. Et j'avais cette sensation d'être enivré par les odeurs et électrisé par chaque contact ...

— C'était quel genre de rêve ? l'interrogea Ethan, curieux.

— Je ne crois pas que ce soit très judicieux de le savoir, rétorqua Aaron, l'air contrarié.

— Pourquoi ? voulut savoir Harmony, perplexe.

Silencieuse, je les regardai échanger tour-à-tour, de plus en plus mal à l'aise. Une appréhension s'insinua en moi au fil des informations qui me parvenaient.

« *Se pourrait-il que ... ? Non, c'est impossible* », essayai-je de me rassurer.

— Je n'ai rien à cacher, rétorqua Asher en se tournant vers Aaron avant de plonger dans mon regard pour continuer ses explications. En fait, dans mon rêve, je me trouvais avec Luna et nous partagions des moments très intenses.

J'écarquillai les yeux de stupéfaction et rougis violemment, face à son regard de braise encré dans le mien.

— Quel genre de moments ? le questionna Harmony en fronçant les sourcils, alors que tous attendaient la réponse avec beaucoup d'intérêt.

— À ton avis, que pourraient-ils échanger de très intense ? bougonna Aaron avec humeur, en fusillant Harmony du regard.

— Oh, je n'y crois pas !!! s'exclama Ethan avec un grand sourire. Notre Alpha rêvait de sexe pendant notre réunion. Non mais, tu n'as pas honte ! réprimanda-t-il Asher en se mettant à rire.

— La ferme, lui grogna Asher, en lui renvoyant un grand sourire espiègle.

Quant à moi, je devins immédiatement livide. Mes craintes s'accroissaient et me tétanisaient sur place.

— Oh, et du coup ton Loup a voulu aller rejoindre sa femelle, en déduisit Harmony arborant elle-aussi un grand sourire.

Ils se tournèrent tous dans ma direction, attendant certainement une réaction de ma part. En revanche, à cet instant précis, j'en étais incapable. J'essayai bien d'ouvrir et de refermer la bouche pour parler mais aucun son ne voulut en sortir. Néanmoins, dans le brouillard de mon esprit, une réalité s'imposa à moi. En repensant rapidement à tous mes symptômes, je compris enfin ce qu'il se passait. Et là, je paniquai. Je sautai sur mes pieds, et m'éventai avec mes mains dans de grands gestes, avant de me mettre à crier.

— Oh, mon Dieu ! Oh ... mon ... Dieu !!! Oh, non, non, NON, criai-je en me mettant à faire les cent pas. Ce n'est pas possible. Dites-moi que ce n'est pas possible, dis-je en me parlant à moi-même.

— Luna ? Qu'est-ce qui t'arrive ? me demanda Asher d'une voix alarmée en attrapant mes bras pour me stopper dans mon délire.

— C'est ma faute, dis-je d'une voix tremblante. Le rêve que tu as fait … c'est à cause de moi, avouai-je, rouge de honte.

Je cachai mon visage dans mes mains pour ne plus voir leurs regards sur moi. Je ne savais plus où j'en étais et je détestais profondément cette sensation de vulnérabilité qui me tenaillait en cet instant.

Chapitre 19

Luna

C'était un véritable cauchemar. Ce n'était pas possible autrement. Je soupirai bruyamment en me laissant retomber sur le canapé, épuisée. Puis d'un coup, je sentis ma chaleur corporelle augmenter et une pression monter entre mes cuisses que je resserrai, l'une contre l'autre, pour essayer de l'arrêter, ce qui bien sûr fut encore pire. N'ayant pas ce genre de pensées à cet instant précis, je dévisageai Asher qui avait l'air rêveur alors qu'il me déshabillait intensément du regard.

— Bon sang, Asher. Arrête un peu de penser à ça !!! m'exclamai-je, irritée. Pour ton information, on est plus ou moins connectés, là.

Il me regarda avec un air interloqué, tout en venant prendre place près de moi.

— Eh, ma belle. Je ne sais pas ce qu'il se passe, mais ce n'est pas dramatique. Moi ça me va très bien si on partage des rêves charnels. Surtout s'ils sont tous aussi chauds-bouillants. En tout cas, c'est sacrément excitant, me dit-il très sérieux avec un doux sourire.

— Cela n'a rien de drôle, bordel, criai-je en le fusillant du regard.

Je le vis reculer un peu en levant ses mains devant lui, comme pour me calmer.

— Ma chérie, ne t'énerve pas. On ne peut pas t'aider si tu ne nous dis rien. Alors explique-nous, me demanda-t-il doucement. Personne ne te jugera, je te le promets.

Je grimaçai en balayant l'espace du regard pour les regarder. Toutefois, je reportai rapidement mon attention sur Asher qui venait de se raidir près de moi. Je le sentis me humer et se figer comme si quelque chose venait de le frapper de plein fouet.

— Luna, comment se fait-il que ton odeur soit différente ? m'interpella-t-il en fronçant les sourcils.

Je n'eus pas le temps de répondre qu'il se pencha brusquement sur moi pour plonger sa tête dans mon cou. Je me mis à frissonner lorsqu'il inspira profondément plusieurs fois, puis une décharge électrique me traversa quand je sentis sa langue lécher une partie sensible de ma peau, dans le creux entre mon épaule et mon cou. Je couinai de surprise et le poussai de toutes mes forces pour m'extraire de sa prise.

— Bon sang Asher, qu'est-ce que tu fous ? Reprends-toi, lui ordonna Ethan, d'une voix forte.

— Merde, désolé Luna, s'excusa-t-il immédiatement quand il revint à lui en se frottant le visage des mains, pour ensuite les passer dans ses cheveux. Je ne sais pas ce qui m'a pris, ton odeur est ... délicieuse. C'est vraiment enivrant.

Je rougis violemment lorsqu'ils se tournèrent tous vers moi pour me dévisager et renifler sans délicatesse dans ma direction. Ce fut ensuite l'attitude d'Aaron qui retint mon attention alors qu'il se tortillait sur place.

« *Mais c'est quoi ce délire ?* », me demandai-je alors qu'il prenait la parole en se dérobant devant mon regard.

— Euh ... désolé ... mais je crois que je vais ... m'éloigner de quelques mètres, lâcha-t-il rouge de confusion, en se levant pour s'exécuter.

— Oh, là, là, là, là, lâchai-je en gémissant, de plus en plus honteuse.

— Ok. On va tous s'asseoir. Euh ... à part Aaron qui est apparemment très bien là où il est. Et toi Asher, tiens-toi loin de Luna pour qu'elle puisse enfin nous expliquer le problème, nous ordonna Harmony d'une voix ferme.

— C'est bon, j'ai juste été surpris. Je gère maintenant, grogna-t-il irrité.

Une fois installés, tous se fixèrent sur moi en attendant mes explications.

— Ne t'occupe pas d'eux, et parle-moi, Luna, me demanda gentiment Harmony en me tapotant le genou.
— Je crois que c'est à cause de mon ... animal intérieur, hésitai-je en fixant Asher du regard, pour lui faire comprendre mon dilemme.
— D'accord. Quoi qu'il se passe, tu peux parler ouvertement devant Harmony. Elle restera dans la confidence et n'en parlera à personne. Je m'en porte garant. Et puis ce n'est pas une mauvaise idée qu'elle soit au courant pour toi, ça peut toujours être utile vu sa fonction au sein de la Meute, m'assura-t-il en demandant confirmation à sa guérisseuse.
— Je confirme, affirma-t-elle immédiatement.

Je pris donc une grande inspiration et lui racontai les grandes lignes de mon histoire. Je lui expliquai que j'étais un Phénix, ainsi que tout ce que j'avais pu apprendre, grâce à la tribu qui m'avait accueillie et qui m'avait apportée la plupart des réponses à mes questions. Je fus surprise de constater qu'Harmony ne semblait pas trop étonnée, et qu'elle m'écoutait attentivement sans sourciller. Puis, le moment arriva où je dus leur faire part de mon problème actuel.

— À cause de ce que je suis, je fonctionne différemment des autres métamorphes. Et là, je ne comprends pas vraiment ce qui m'arrive. Depuis deux jours, je ne me sens pas très bien et c'est encore pire depuis ce matin.

— D'accord, acquiesça la guérisseuse d'un ton professionnel. Est-ce que tu pourrais m'expliquer tes symptômes pour que je puisse me faire une idée ?

— C'est ... c'est embarrassant, gémis-je en baissant la tête pour me dérober à leurs regards.

— Ma belle, tu peux tout nous dire, personne ne te jugera. Parle-nous, me demanda doucement Asher.

Je pris une profonde inspiration et admis que je n'avais, de toutes façons, pas vraiment d'autres choix.

— Je fais des rêves ... euh ... avec Asher. Et quand ça se produit ma température corporelle augmente considérablement, comme si je me consumais littéralement de l'intérieur. Je suis réellement brûlante et tout à l'heure en prenant une douche froide, c'était vraiment trop bizarre. Dès que l'eau touchait ma peau, des nuages de vapeur s'échappaient de mon corps, expliquai-je en fixant Harmony pour ne pas voir l'expression des garçons.

— Et il ne faut pas oublier que son odeur est différente de d'habitude, ajouta Asher.

— Oh, ok. J'ai peut-être une petite idée du problème. De quand datent tes dernières chaleurs ?

— Euh ... jamais ? hésitai-je.

— Jamais ? Tu veux dire que tu n'as encore jamais été en chaleurs ? me questionna-t-elle visiblement stupéfaite.

— Bah non, répondis-je d'une petite voix. Mais bon, il faut savoir qu'avant moi, le Phénix n'avait pas la possibilité de s'accoupler, de se reproduire ou même de se lier à quiconque. Alors, pour le peu de femmes qui ont porté l'âme du Phénix, les chaleurs, l'ovulation et tout ça quoi, n'étaient pas d'actualité pour elles. Tout comme les hommes étaient forcément stériles. Du moins, c'est ce que disent les légendes de ma tribu. On avait l'intention de faire face au problème lorsqu'il se présenterait, enfin s'il se présentait un jour, mais malheureusement ils ne sont plus là pour m'aider, expliquai-je tristement.

— Qu'est-ce qui a changé d'après toi ? m'interrogea Asher, subjugué par mon histoire.

— Le fait que je sois une métamorphe. Cela n'avait apparemment jamais été le cas avant moi.

— Ok, mais vu que tu es une métamorphe, nous portons déjà une certaine magie en nous et nous avons également la particularité d'avoir une, voire plusieurs âmes sœurs. Donc c'est différent avec toi puisque tu as la possibilité de t'unir. Tes chaleurs se sont peut-être déclenchées justement parce que tu viens de trouver ton compagnon, supposa Harmony, l'air songeuse.

— Oui, c'est possible, acquiesçai-je en y songeant. Bien sûr, ça reste encore des suppositions. Nous ne pouvons malheureusement pas en avoir la certitude, ajoutai-je avec un brin de tristesse et de lassitude dans la voix.

— D'accord, mais ça fait un moment qu'on se connaît, alors pourquoi maintenant ? s'interrogea Asher.

— Luna, que ressent ta part animale ? Elle n'a pas de réponses à t'apporter ? me demanda la guérisseuse.

Je fronçai les sourcils et me concentrai pour communiquer avec Destiny. Je m'en voulais aussitôt de ne pas y avoir pensé avant, surtout que nous étions étroitement connectées depuis toujours. En tout cas, ce que je découvris au fond de moi, me laissa sans voix pendant un instant.

— Elle pense qu'Asher et moi sommes enfin prêts pour cette union, et que moi-même je suis prête à ..., enfin, je veux dire que j'ai envie de ..., bafouillai-je lamentablement, en écarquillant les yeux de surprise.

— Tu es prête à quoi, Luna ? De quoi as-tu envie ? me questionna Asher avec un sourire dans la voix.

Je ne dis rien et baissai la tête sur mes doigts que je triturais avec nervosité.

— Tout comme l'animal en toi, tu te sens prête à t'unir avec ton compagnon et tu en as très envie, c'est ça ? en déduisit la guérisseuse en prenant une voix douce, pour m'aider à exprimer les mots qui restaient coincés dans ma gorge.

J'acquiesçai rapidement d'un signe de tête.

— Et du coup ces rêves ... commença Asher.

— Ce sont mes rêves, chuchotai-je en me tortillant sur place.

— C'est normal, on en fait tous, me rassura Harmony en balayant l'air de la main. En revanche, comment se fait-il qu'ils se ... transmettent à Asher ?

— Oh seigneur, lâchai-je en enfouissant mon visage dans mes mains au comble de la gêne.

Mais, prise d'un besoin soudain d'en finir avec cette conversation, je me redressai et pris une grande inspiration avant de reprendre.

— Je ne sais pas vraiment comment expliquer ça. Mais c'est derniers jours, j'ai ressenti comme une nouvelle connexion se mettre en place entre Asher et moi. Et il n'y a pas qu'entre nous deux d'ailleurs. Je ressens également un nouveau lien, dans mon esprit, avec les membres de la Meute qui vivent ici.

— Quel genre de lien ? voulut savoir Aaron, qui n'avait pas encore prit la parole de là où il était.

— C'est assez étrange. Je pense que ça pourrait beaucoup ressembler au lien qu'un Alpha possède avec sa Meute. Mais, en même temps, c'est comme si la protection magique que j'avais installée sur la propriété, s'était aussi étendue aux personnes qui y habitent et qui me sont chères.

— C'est vrai que c'est étonnant, approuva le Bêta. Normalement, tu ne ressentiras ce lien qu'une fois que vous serez unis, Asher et toi.

Et même dans ce cas, il ne pourra pas être aussi fort que celui de notre Alpha.

— Ça dépend, déclara Harmony, pensive. Je sens une grande puissance en toi, donc je peux affirmer que tu es incontestablement une dominante, je dirais même une Alpha, me dit-elle. Mais sais-tu quelle est ta place dans la hiérarchie d'une Meute ?

— Si tu veux savoir si un Alpha pourrait me soumettre, la réponse est non. Aussi puissant soit-il, sa dominance n'aurait aucun effet sur nous. Mais bon, on sait déjà que je ne suis pas normale, alors ...

— Ne pense pas ça, ma belle. Certes, tu es différente mais c'est ce qui a fait la personne que tu es aujourd'hui. Qu'importe si un Alpha ne peut pas avoir le dessus sur toi, ou que tu es des dons et des pouvoirs extraordinaires, tu es ainsi et c'est pour le mieux. Ne te dénigre pas ainsi, me gronda gentiment mon âme sœur.

Je lui adressai immédiatement un regard d'excuse, n'ayant pas eu l'intention de le contrarier.

— En tout cas, ça va être super intéressant à suivre tout ça, déclara gaiement Ethan avec un grand sourire inscrit sur le visage, en essayant d'alléger la conversation.

— La ferme, grogna Asher, amusé lui-aussi, en secouant la tête d'exaspération.

Un instant plus tard, notre conversation fut interrompue lorsque je sentis quelqu'un approcher dans mon esprit. Je me levai automatiquement d'un bond, en alerte. J'analysai rapidement ce que je ressentais alors que les autres se levaient, eux-aussi sur leurs gardes, en me fixant.

> — C'est Kris, lâchai-je. Il arrive et ça n'a pas l'air bon.
> — Kris ? s'interrogea Asher, d'un air soucieux en regardant les alentours.

Comme je l'avais imaginée, nous le vîmes arriver en trombe, le visage entièrement fermé. Maintenant, il était clair qu'il se passait quelque chose, et à la vue de son expression, ça n'avait apparemment rien d'agréable.

Chapitre 20

Asher

Pour le coup, l'arrivée de Kris me tira de ma bulle intime, où je revivais sans cesse le rêve de Luna et de toutes les choses que je voulais lui faire découvrir. En revanche, la seule chose que je ne pouvais pas me sortir de l'esprit, était le fait qu'elle était enfin prête pour moi, pour nous, et surtout qu'elle en avait envie, elle-aussi. Malheureusement, il fallait remettre ça à plus tard puisqu'il était évident, en voyant notre informaticien approcher, que j'avais un problème plus urgent à gérer.

— Kris, qu'est-ce que ... ?

Je m'interrompis lorsqu'il me tendit un dossier. Je le pris avec précaution en sentant une certaine appréhension me gagner.

— Tu dois absolument voir ça, m'informa-t-il d'un air grave. Ma connaissance a fait une surveillance avec filature sur Ezra Thomson durant la semaine qui vient de s'écouler. Il a pris pas mal de clichés qu'il vient de m'envoyer. Je ne sais pas encore s'il y a un rapport avec le problème qui nous concerne, toutefois ça nous donne déjà une bonne idée des personnes qu'il fréquente.

Je resserrai automatiquement ma main sur les documents en ayant cette conviction que je n'allais pas du tout aimer ce qui allait suivre. Je sortis instantanément de mes pensées quand une petite main s'enroula doucement autour de mon poignet. Je remontai mon regard jusqu'à tomber dans les yeux magnifiques de Luna, qui se tenait tout près de moi. Puis, je sentis un certain apaisement me gagner. Surpris, je la dévisageai intensément, tandis que son expression était douce, alors je compris à ce moment-là, que c'était elle qui m'insufflait cette sensation, même si je ne comprenais pas vraiment comment elle s'y prenait. J'enroulai un bras autour de sa taille pour l'attirer contre moi, et l'embrassai tendrement sur la tempe pour la remercier de ce geste qui me touchait. Ensuite, je pris mon courage à deux mains et commençai à faire défiler les photographies. Ma mâchoire se crispa peu à peu, et une rage profonde m'envahit de nouveau lorsque je reconnus certains visages de mon passé. Mais rien ne me préparait au pétage de plomb de mon Loup devant le dernier cliché. J'avais beau lutter de toutes mes forces pour garder le contrôle, rien n'arrêta Aïko. Il grondait, griffait, hurlait de fureur, et prit finalement les commandes de mon corps pour prendre sa forme. Dans le flou de mon esprit, je vis mes camarades de Meute se figeaient sur place et lâchaient des jurons devant ma colère. Seule notre compagne ne semblait pas se soucier de notre état et essaya même de s'approcher de nous. Mon Loup recula immédiatement ne voulant pas la blesser en pleine frénésie. Il fit ensuite volte-face et disparut rapidement dans la végétation. Il courut à perdre haleine, détruisant tout ce qui se présentait sur son passage.

Un peu plus tard, la voix apaisante de notre compagne résonna dans notre esprit avant que nous puissions la voir. Ayant épuisé le trop plein de notre colère, Aïko ne bougea pas quand elle s'approcha de nous à pas lents, d'un air soucieux. Elle s'agenouilla au sol, attendant patiemment que nous fassions le dernier mètre nous séparant. Mon Loup parcourut la distance sans hésitations et se laissa câliner, tout en se frottant tendrement contre elle.

— Je me suis tellement inquiétée pour vous, soupira-t-elle visiblement avec soulagement. Que tu es imposant et beau, mon grand. Tu m'as tellement manqué, susurra-t-elle au creux de notre oreille.

Après quelques minutes à se gorger de toutes ces attentions, Aïko me redonna la main et je pus enfin reprendre forme humaine.

Agenouillé au sol devant ma petite femelle, je tendis le bras pour la plaquer contre mon corps nu. Une de mes mains se fraya un chemin derrière sa nuque alors que l'autre reposait dans le creux de ses reins. Puis, voyant qu'elle ne me repoussait pas, je posai durement mes lèvres sur les siennes. Cela n'avait rien de tendre, c'était brute, exigeant, je la dévorais comme si ma vie en dépendait, me gorgeant de toutes les sensations qui m'assaillaient, de son odeur, et de sa saveur. En retour, elle s'ouvrit à moi, me donnant et me laissant prendre tout ce dont j'avais besoin en cet instant. Lorsque je rompis notre connexion, nous étions tous deux essoufflés. Je plongeai dans ses yeux d'or, dont les pupilles dilatées me hurlaient son désir. Son corps enfiévré était brûlant contre le mien et sous mes mains. Mais ce fut la douce odeur de son excitation qui faillit me faire littéralement perdre la tête dès qu'elle me parvint. Elle m'enivrait et je dus mobiliser toute mon énergie pour ne pas lui sauter dessus alors que j'en crevais d'envie. À contre-cœur, je me redressai pour mettre un peu de distance entre nous. Cependant, Luna ne m'en laissa pas le temps et me stoppa dans mon geste. Une de ses mains s'insinua dans mes cheveux, tandis qu'elle me caressait doucement le torse de l'autre. Elle se rapprocha lentement pour se plaquer de nouveau contre moi. Ses douces courbes s'imbriquèrent parfaitement contre mon corps massif, alors que mon érection dure comme le fer se retrouva nichée contre son bas-ventre. Et pour la première fois, elle prit l'initiative et m'embrassa avec une fougue toute nouvelle. En l'entraînant avec moi, je m'assis plus confortablement au sol alors qu'elle se retrouva à califourchon sur mes hanches. Elle commença timidement à frotter sensuellement son intimité contre ma verge gorgée d'envie. Mes mains se mirent à parcourir son corps de déesse sans pouvoir s'en rassasier. Mes doigts remontèrent le long de sa cuisse nue, sous sa robe. Au fur et à mesure de notre échange, j'avalai ses tendres gémissements et ses soupirs qui m'électrisaient tout entier. Ma conscience me rappela qu'elle n'avait aucune expérience et qu'il serait plus que mal venu de faire mon homme des cavernes en la prenant sauvagement. Je savais que je devais tout faire pour son bien-être.

— Luna, on doit s'arrêter. Je ne vais plus tenir longtemps et tu mérites mieux pour ta première fois, grognai-je en haletant.

— Non, non. Je t'en supplie. Ne t'arrête pas. J'ai besoin de toi ... de ça ... ici et maintenant. Ne me laisse pas, gémit-elle en se cramponnant à moi comme si j'étais la chose la plus importante de son monde, en me transperçant de son regard où je pus lire à la fois de l'envie et toute sa vulnérabilité.

Je crus que mon univers allait basculer rien qu'en entendant ses paroles. Elle reprit ma bouche avec passion tout en reprenant ses mouvements lascifs le long de mon membre. Je nous fis basculer sur le côté, l'allongeant au sol, en me positionnant contre son flanc. Surprise, elle allait protester face à mon besoin de reprendre le dessus, de la dominer. Néanmoins, je ne lui en laissai pas le temps. Je plaquai ma main libre entre ses cuisses, où je pus incontestablement sentir le tissu de sa culotte, trempé par son désir. Et soudain, ce ne fut plus assez. Mon corps s'embrasa de l'intérieur et le besoin de la posséder entièrement, de la faire mienne, fut irrépressible. Je me redressai rapidement et lui arrachai ses vêtements avec des gestes saccadés ainsi qu'avec l'aide de mes griffes, pour ensuite me rallonger contre elle, peau contre peau. Je pris enfin le temps de l'admirer à ma guise. Une de ses mains se posa doucement sur ma joue. Je relevai mon regard pour rencontrer ses yeux stupéfaits. Ses joues étaient rouges, sa bouche gonflée de nos baisers alors que sa timidité réapparaissait sur son visage. Face à cette vision, l'urgence de la revendiquer se mit au second plan, me laissant l'opportunité de savourer chaque instant.

> — Tu es sûre de toi, Luna ? Tu sais ce que ça représente pour toi, pour nous ? C'est vraiment ce que tu souhaites ? Il n'y aura plus de retour en arrière possible après, l'interrogeai-je d'une voix devenue rauque par l'émotion, avant de franchir le point de non-retour.
> — Oui, je sais ce que je veux et j'en connais les conséquences, affirma-t-elle immédiatement. Je te veux toi et je souhaite t'appartenir entièrement.

Voyant à quel point elle était sincère, je déposai un doux baiser sur ses lèvres. Elle me répondit immédiatement en les entrouvrant pour m'inviter à plus. Je ne me fis pas prier et approfondis notre échange qui se fit doux et tendre. Toujours en observant ses réactions, je relâchai sa bouche pour parcourir lentement son corps, le vénérer de mes baisers et de mes caresses. Ma langue traça un sillon de sa gorge jusqu'à sa poitrine parfaite pour mes mains. Je la sentis frissonner et inspirer vivement dès que j'en taquinai le bout. Et quand j'en aspirai un dans ma bouche pour le suçoter, ses ongles se plantèrent dans ma nuque et mon bras pour s'y accrocher et me retenir contre elle. J'en fis de même pour le deuxième tandis que ma main descendit le long de son ventre plat et ferme, pour enfin atteindre son sexe entièrement épilé. Ma belle se mit à respirer plus fort en lâchant des petits gémissements terriblement sexy lorsque mes doigts glissèrent aisément entre ses lèvres trempées. Je m'attardai sur sa petite boule de plaisir en la caressant lentement, lui arrachant un cri de surprise, avant de poursuivre mon exploration à l'entrée de son antre. J'enfonçai doucement un doigt dans cet endroit encore vierge et n'appartenant qu'à moi, sans aller trop loin, pour la préparer à ce qui allait suivre. Ma compagne ne retint pas ses gémissements plus prononcés quand j'insérai un deuxième doigt dans son intimité brûlante. J'appliquai un doux va-et-vient, tandis qu'en même temps, je stimulai son clitoris de mon pouce. Elle essaya désespérément de s'accrocher encore plus à moi, alors que je la sentais lutter contre l'extase qui risquait bientôt de l'emporter. Cette sensation fit encore plus grimper la tension déjà insoutenable dans mon corps. À cet instant, rien d'autre ne comptait plus pour moi que de lui donner du plaisir. Je voulais tout lui offrir et lui faire découvrir, cependant, une certaine appréhension, venue de nulle part, me retenait inexplicablement, m'empêchant d'aller plus loin. Mais alors que je tergiversais pour la suite et qu'elle était sur le point de succomber à son premier orgasme, je l'entendis grogner et ne compris pas ce qu'il se passa ensuite. Stupéfait, je me retrouvai sur le dos, tandis que Luna me dominait en étant à califourchon sur mes hanches, ses mains sur mon torse. Elle me transperçait du regard avec ses yeux de feu. Je me redressai sur mes coudes et observai, médusé, sa peau ainsi que ses cheveux se mettre à scintiller d'une lumière dorée étincelante. J'en déduisis deux choses : l'animal en elle voulait me faire comprendre que sa dominance était largement supérieure à la mienne et que, même si Luna se soumettait volontiers à moi, elle n'y était absolument pas obligée ; puis la seconde chose me frappa de plein fouet et mit définitivement fin à mes hésitations. Luna était en train de s'offrir entièrement à moi en me dévoilant son aura. Et c'était réellement époustouflant et magique. Je n'avais jamais rien vu de tel.

— Luna, soufflai-je, ébahi par tant de beauté.

Elle ne répondit pas alors que le feu de ses yeux s'éteignit pour reprendre leur couleur d'or. Je pouvais aisément y lire tout le courage dont elle venait de faire preuve, mais aussi sa vulnérabilité en cet instant. Puis, sans me lâchait du regard, elle enroula ses doigts autour de mon sexe douloureux de désir trop longtemps contenu. Sans que je ne m'y sois préparé, elle nous aligna parfaitement, et se laissa retomber pour s'empaler sur ma verge épaisse jusqu'à la garde. Je l'entendis hurler un instant de douleur quand la barrière de sa virginité céda, tandis qu'un son rauque sortait de ma gorge. Ma mâchoire se crispa alors que son fourreau étroit m'enserrait douloureusement, me laissant au bord du gouffre. Je m'assis et plaquai mes mains autour de ses hanches pour l'immobiliser, le temps de reprendre tous deux notre souffle.

— Bon sang, Luna, grognai-je en ne sachant pas si c'était pour la réprimander, ou pour lui faire savoir à quel point c'était bon d'être enfin enfoui en elle.
— Je t'aime, me souffla-t-elle en me transperçant du regard, en enroulant ses bras autour de mon cou.

Subjugué, elle m'embrassa doucement comme pour m'empêcher de répondre quoi que ce soit. Alors, je nous fis rouler de nouveau au sol jusqu'à me retrouver au-dessus d'elle, pour lui montrer combien je l'aimais moi-aussi. Je lui fis tendrement l'amour et lorsqu'on atteignit enfin l'extase de ce moment irréel, je la mordis durement au creux du cou jusqu'à goûter son sang, pour apposer ma marque de revendication. En revanche, quand elle me rendit la pareil, tout l'espace autour de nous se mit à s'illuminer, comme si des milliers de lucioles nous entouraient. Je pus également sentir la magie nous entourant, se déployer et s'enrouler autour de nous comme une protection et surtout comme un lien indéfectible. Un moment plus tard, enlacés l'un contre l'autre sur le sol, satisfaits et repus, je pris conscience de tous les changements qui venaient de s'opérer. Nos esprits ne faisaient plus qu'un. Je pouvais ressentir toutes ses émotions, ses sensations, mais aussi ses doutes, ses peines et ses peurs. Je décidai immédiatement de lui exprimer la seule chose que je n'avais jamais dit à personne avant aujourd'hui.

« *Je t'aime, ma chérie* », lui déclarai-je par télépathie, en testant notre nouveau lien.

Elle redressa la tête, surprise. Et toujours sans un mot, elle m'embrassa doucement. Nous restâmes un long moment ainsi, sans parler, juste à profiter l'un de l'autre sans penser à rien d'autre. Malheureusement, je savais que notre escapade intime ne pouvait pas durer indéfiniment et que dès que nous quitterons ces bois, je devrais faire face à mon passé pour protéger les miens et notre avenir.

Chapitre 21

Luna

Rassemblés dans le grand salon de la villa, nous attendions tous l'arrivée d'Asher et des Lieutenants qui étaient encore en réunion. Ils nous avaient demandés de nous rassembler ici pour nous informer sur la situation actuelle, surtout après les dernières informations en leurs possessions.

Confortablement installée dans le fauteuil près de la baie vitrée entrouverte, et malgré ma volonté de participer aux conversations tranquilles de mes camarades de Meute présents, je n'y arrivais pas. Mon esprit était loin d'ici, s'égarant constamment dans ces bois, où quelques heures plus tôt, j'avais vécu le meilleur moment de ma vie en m'unissant intimement à mon âme sœur. Asher avait été merveilleux. Je ne savais pas vraiment comment les choses devaient se passer en général, mais pour moi, cet instant m'avait paru absolument parfait. J'avais ressenti tellement de sensations incroyables et d'émotions encore inconnues en moi. Le plaisir qui avait suivi la douleur de cette première fois, me donnait envie de recommencer et de m'abandonner encore plus entre ses mains expertes. Malgré tout, après quelques heures enlacées l'un contre l'autre, nous avions malheureusement abandonné notre petit cocon intime pour aller retrouver les autres. Nous ne devions pas en oublier l'urgence du moment, et la situation semblait très épineuse. Alors nous étions passés tous deux au chalet pour nous doucher et nous habiller, avant de rejoindre nos camarades. Lorsque nous étions entrés dans le grand salon, où tout le monde étaient déjà réunis, je m'étais sentie extrêmement gênée. Ils s'étaient tous immobilisés en nous voyant débarquer main dans la main, avant de nous sauter dessus. Même s'ils avaient dû sentir dans leurs esprits ce nouveau lien qui m'unissait à Asher, mais aussi à eux dorénavant, ils avaient attendu le moment de nous voir en personne, pour nous entourer et nous féliciter avec une bienveillance qui m'avait beaucoup émue. Je devais admettre que je ne m'étais pas du tout préparée à tous les changements que notre relation allait déclencher. Plusieurs évidences s'étaient opérées entre Asher et moi dans ce bois, néanmoins, cela m'avait vraiment sautée aux yeux dans ce salon. D'une part, je m'étais complètement ouverte à mon compagnon, lui laissant voir au plus profond de mon âme. À présent, nos esprits ne faisaient plus qu'un et chacun ressentait en permanence les émotions de l'autre. Même nos odeurs s'étaient délicieusement mélangées pour n'en former qu'une seule, qui nous représentait tous les deux. Puis, nous avions ce lien télépathique qui s'était créé pour que nous puissions toujours communiquer quel que soit l'endroit, ou la distance. Mais c'était bien plus que cela. La présence de mon compagnon au fond de moi, semblait m'apaiser et en même temps me procurer une énergie toute nouvelle. En revanche, lorsque les membres de la Meute m'avaient entourée de toutes leurs attentions et leur joie, j'avais pleinement pris conscience qu'en m'unissant à leur chef de Meute, je devenais moi-même leur femelle Alpha, et que maintenant je devais assumer toutes les responsabilités qui allaient avec. Et ce fait m'angoissait énormément. Je me demandais comment je pouvais endosser de telles fonctions, ou même si j'en serais capable, alors que j'avais toujours vécu recluse et seule jusqu'à aujourd'hui.

Je sursautai en sentant l'esprit de mon compagnon effleurer tendrement le mien pour m'apaiser. J'oubliais déjà qu'il devait ressentir mon angoisse et mes peurs. Il allait vraiment falloir m'habituer à ne plus jamais être seule avec moi-même, ou au moins, protéger mon esprit quand c'était nécessaire pour ne pas l'inquiéter inutilement. Je relevai la tête et souris en les sentant approcher. Mais cette lueur de joie en moi s'évanouit dès que je vis leurs expressions fermées et graves inscrites sur leur visage. Je me redressai instinctivement dans mon fauteuil, sur mes gardes, en attendant ce qui allait suivre. Asher se positionna au centre de la pièce devant nous, et pris la parole après m'avoir couvée d'un dernier regard. Je notai aussi l'absence d'Aaron et Lenny qui devaient certainement s'assurer de la sécurité des lieux.

— Bon, je vais aller droit au but, déclara-t-il. Si je vous aie demandé d'être là ce soir, c'est parce que nous avons des nouvelles informations sur la situation et qu'il est souhaitable que vous en soyez tous avertis. Grâce aux relations de Kris, une surveillance a été faite sur l'homme qui voulait acheter la propriété de Mme Thomas. Dès le départ, nous étions soupçonneux du fait que quelqu'un veuille acquérir un terrain jouxtant le nôtre. Et nous avions raisons.

— Est-ce que vous savez qui sont ses associés dont il m'a parlé ? lui demanda Mme Thomas d'une voix hésitante.

— Oui, lui répondit-il avec un signe de tête. Nous connaissons le principal commanditaire. C'est ... Warren Morgan. Mon père.

Des jurons s'élevèrent immédiatement dans la pièce, alors que pour ma part, j'en restais sans voix. À en croire la réaction que cette information suscitait, il était évident que j'étais la seule à ne pas comprendre ce que cela impliquait. Même la petite Dame ne semblait pas surprise et avait l'air furieuse. À cet instant, je me sentis de nouveau exclue et ce fait me blessa énormément.

— Avec les photos que Kris s'est procuré et en cherchant dans nos archives toutes les offres d'achats qui ont été faites sur tout le territoire d'Opaline depuis plusieurs années, nous avons enfin pu faire le rapprochement. Nous savons à présent que Warren s'est associé à deux autres Alphas et qu'ils ont fait des offres d'achats pour plusieurs terrains et des entreprises dans notre ville. Nous ne nous en étions pas aperçus avant que Kris fasse le lien et qu'il effectue des recherches, puisqu'ils se sont servis d'une société écran pour ne pas être démasqués. Donc, on a la confirmation qu'ils veulent s'emparer de ce qui nous appartient. Maintenant, le tout serait de savoir pourquoi, à part le fait de me faire enrager bien sûr.

— Mon Dieu, ont-ils réussi à en obtenir ? lui demanda Jenna, d'une petite voix terrifiée.

— Non, répondit-il férocement en la fixant du regard, comme pour la rassurer. Lorsque nous avons rebâti cette ville et que nous en avons fait notre territoire, nous en avons également modifié les lois. Et une des plus importante est que toutes personnes voulant se séparer de son bien, qu'il soit humain ou métamorphe, qu'il veuille le vendre, le léguer ou le donner, doit obligatoirement en faire la demande auprès de nos services. De ce fait, nous avons la primeur sur chaque cas qui nous est soumis, tout en ayant la possibilité de choisir le futur acquéreur.

Je vis immédiatement le soulagement de mon amie à ces mots. De même, je comprenais un peu mieux la manière dont Asher gérait son territoire. Je devais avouer que c'était d'ailleurs très astucieux de sa part, surtout que cela lui permettait ainsi d'éviter certaines menaces comme celle d'aujourd'hui. Malheureusement, ça n'avait pas l'air d'en décourager certains. Puis, une certaine angoisse fit écho en moi en me remémorant tous les éléments que nous avions.

Je fis appel à Destiny qui restait en alerte, au fond de moi. Nous déployâmes discrètement nos pouvoirs en nous concentrant sur notre âme sœur, pour essayer de repérer un éventuel danger qui pèserait sur lui. Seulement, il ne nous fallut pas longtemps pour sentir la menace. C'était assez flou et difficile à expliquer comme sensation. Je n'avais pas de prémonitions ou autre chose de ce genre, simplement, grâce à Destiny, j'avais cette capacité de le pressentir. Cette certitude qu'un mauvais présage s'annonçait pour une personne que j'aimais et qui était sous ma protection.

— Je ne pense pas qu'il s'agisse uniquement de ça, lâchai-je sur la défensive.
— Qu'est-ce que tu veux dire ? me questionna Asher, surpris par mon intervention, en croisant les bras sur son torse, alors que les autres reportaient également leur attention sur moi en attendant la suite de mon raisonnement.
— Je ne connais pas encore toute ton histoire personnelle, avouai-je malgré moi avec tristesse et regrets, et il est évident que ces hommes essayent de s'immiscer sur ton territoire. Seulement, j'ai la certitude que c'est surtout toi qu'ils veulent atteindre, m'expliquai-je doucement.
— Continue, approuva-t-il sombrement, alors que tout le monde m'écoutait attentivement.
— Tu penses qu'ils veulent s'en prendre à Asher ? intervint le Bêta d'un air offusqué par cette idée.
— Une vengeance serait une bonne motivation, lança sombrement mon compagnon en fixant

Ethan un moment, comme s'ils avaient une conversation silencieuse.

— C'est juste une supposition, essayai-je de les rassurer en les sortant de leurs pensées. Comme je l'ai précisée, je ne connais pas l'histoire d'Asher. Malheureusement, cette explication me paraît la plus plausible. Si ces acheteurs n'en avaient qu'après votre territoire, pourquoi ne pas vous défier tout de suite pour l'obtenir, si c'est vraiment ça qu'ils voulaient ? Mais au lieu de ça, ils ont laissé traîner les choses. Et maintenant, ils veulent à tout prix s'emparer de la propriété de Mme Thomas, dont l'emplacement à l'air d'être très important pour eux puisqu'ils ont même engagé cet Ezra Thomson. Et n'oublions pas que son bras droit a la réputation de faire disparaître quiconque se retrouve sur son chemin. Donc, j'en conclus qu'ils sont prêts à tout pour arriver à leurs fins. Puis, quoi de mieux qu'une planque juste à côté de ta propriété pour pouvoir t'atteindre directement et surtout plus facilement, dis-je à Asher avant de me tourner vers le Bêta. Alors pour répondre à ta question Ethan, oui, je pense que c'est bien Asher qui est visé. Bien sûr, je peux me tromper. Après tout, personne n'a essayé de s'en prendre aux membres de la Meute, à part Mme Thomas pour la pousser à vendre.

— Personne à part toi, me fit remarquer mon compagnon en grognant.

— Justement, s'exclama Ethan qui avait l'air de comprendre mon raisonnement. Luna a peut-être raison. Ils s'en sont pris à elle uniquement parce que Jada a laissé entendre à ce Drake que vous étiez proche tous les deux, expliqua-t-il à Asher. Donc, même si ce métamorphe, qui est incontestablement l'homme de main de Thomson, ne savait pas encore pour votre lien d'âmes sœurs, je pense qu'il a sauté sur l'occasion de s'en prendre à la femelle qui t'intéresse pour t'atteindre. Sentiments ou pas, tu n'aurais pas toléré qui lui arrive quelque chose. Tu lui aurais aussitôt porté secours ou serais parti à sa recherche. C'était le bon moyen de t'isoler pour te blesser, te tuer ou même te kidnapper, qui sait. N'oublie pas que les hommes qui ont déjà attaqués, ont fait usage d'arme avec des balles empoisonnées donc, ils doivent certainement avoir d'autres cocktails dans leurs manches.

— Je pense qu'ils ont raison, Asher, approuva Jenna. C'est une possibilité à ne pas négliger. Ton père t'en a toujours voulu. Et le jour de ton départ, il t'a promis que tu le regretterais un jour où l'autre. Tu sais très bien qu'il ne lançait jamais de menaces en l'air. Il arrivait toujours à ses fins, finit-elle dans un souffle alors qu'Evan, son compagnon, l'entourait de ses bras pour la réconforter.

— Cependant, j'ai l'impression qu'un détail nous échappe. Un élément important que je n'arrive pas encore a identifié, ajoutai-je en ressentant un malaise au plus profond de mon âme. Il y a forcément une raison pour laquelle ces hommes ont brusquement changé de tactique. Sinon pourquoi prendre tout leur temps en restant dans la légalité, et d'un coup, précipiter les choses en engageant des hommes sans scrupules ?

Je sentis le poids de tous les regards sur moi qui me dévisageaient. Je me tortillai sur mon fauteuil, mal à l'aise, en me triturant les doigts face à mon anxiété. Est-ce que j'avais dit quelque chose de stupide ? Pourtant, mon raisonnement me paraissait cohérent. Je fronçai les sourcils en y repensant mais je n'avais pas la sensation de me tromper. Ce fut Ethan qui m'expliqua la raison de leur réaction.

— Je crois que tu viens encore de viser juste, m'informa-t-il doucement. Et le fait est qu'il y a effectivement eu un grand changement dans notre Meute puisque Asher a trouvé son âme sœur et que vous vous êtes officiellement revendiqués.

— Mais non, m'exclamai-je sous le choc, en comprenant que c'était encore une fois de ma faute si le danger planait sur nous. Nous n'étions pas encore ensemble et nous ne savions même pas pour notre lien quand cet homme a fait irruption chez Mme Thomas. Donc, ils ne pouvaient pas savoir pour nous, me défendis-je.

— Sauf si quelqu'un avait prédit ton arrivée, m'affirma le Bêta en se tournant vers Asher.

— Une prophétesse ? demandai-je dégoûtée, en repensant à tout ce que j'avais déjà perdu à cause de l'une d'entre elle.

Apparemment, Ethan venait également de viser juste lui aussi, puisque mon âme sœur péta immédiatement les plombs, comme s'il était absolument certain que son Bêta avait raison.

— Putain, je vais le tuer, gronda Asher, furieux en se mettant à faire les cent pas.

Tout le monde commença à parler en même temps, ce qui se transforma rapidement en un vacarme sans nom. Entre le bruit assourdissant, les fortes émotions des uns et des autres, en plus de celles de mon compagnon et des miennes, je me sentis vite malade, au bord de la nausée, alors que ma tête pulsée douloureusement. Je me levai maladroitement et trébuchai en essayant d'atteindre la baie vitrée pour pouvoir rapidement sortir de la pièce et m'éloigner. Je me serais étalée par terre si un bras ne s'était pas rapidement enroulé autour de ma taille, pour me retenir. Dans le brouillard déchirant de mon esprit, je sentis immédiatement la présence de mon âme sœur dans mon dos.

Chapitre 22

Asher

Tout comme mon Loup, j'explosai de rage lorsque je compris que mon père était bien à l'origine de tous nos problèmes actuels. Luna avait su voir la vérité à travers nos doutes, même sans connaître le passé qui me rattachait à mon géniteur. Et il me semblait évident maintenant, qu'elle avait vu juste.

Alors que tous s'agitaient et exprimaient leur colère face à la nouvelle menace que mon père nous infligeait une fois de plus, je me figeai sur place en ressentant une immense douleur au fond de moi. Instinctivement, je cherchai immédiatement ma compagne du regard et la vis tituber en direction de la baie vitrée. Je me mis rapidement en mouvement et me précipitai vers elle afin de l'atteindre avant qu'elle ne s'écroule au sol. Ne sachant pas ce qui lui arrivait, je la soulevai dans mes bras et l'emmenai à l'extérieur.

— Je suis désolée, c'était trop pour moi, gémit-elle dans mes bras, en enfouissant sa tête dans mon cou.

— Oui, je confirme. J'ai un bon aperçu de ce que tu endures, marmonnai-je contre son oreille. On va s'éloigner un peu au calme.

Elle hocha simplement la tête et me laissa la conduire dans l'air frais de la nuit. Après quelques mètres, je sentis sa douleur refluer, et je soupirai de soulagement lorsque son malaise s'évapora comme par magie. Je m'arrêtai et m'assis sur un gros tronc d'arbre couché, en l'installant confortablement sur mes genoux, toujours blottie contre moi.

— Ça va mieux, affirmai-je puisque je le ressentais également.

— Oui, soupira-t-elle.

— Que s'est-il passé à l'intérieur ? lui demandai-je inquiet.

— Il y a eu trop d'émotions fortes en même temps.

— C'est toujours ainsi pour toi ? voulus-je savoir, contrarié de la savoir souffrir à cause de mes camarades.

Elle releva la tête vers moi pour plonger dans mon regard.

— Non, d'habitude c'est beaucoup plus supportable. C'est ma faute, je suis vraiment désolée. J'étais tellement plongée dans mes propres réflexions que je n'ai pas fait attention. J'ai été surprise par cette explosion de colère et je n'ai pas eu le temps de fermer mon esprit aux autres. Je ... je n'ai pas encore l'habitude d'être autant entourée, m'expliqua-t-elle en se sentant apparemment coupable de m'avoir infligé sa propre douleur, à cause de ses dons.

— Eh, ne t'excuse pas pour ça, ma belle. Ce n'est pas ta faute, la rassurai-je aussitôt en posant une main sur sa joue pour la caresser de mon pouce. Je sais que nous avons encore beaucoup de choses à découvrir l'un sur l'autre. J'ai également senti ta blessure tout à l'heure quand tu as compris que tu ne connaissais pas encore tout de mon passé. Je comprends puisque je ressens la même chose te concernant, comme par exemple, j'aurais aimé savoir pourquoi tu as réagi aussi violemment quand on a parlé d'une prophétesse. Mais, je te promets qu'on va prendre le temps de faire en sorte de remédier à cela. Et puis, je me sens responsable moi aussi. J'aurais dû me douter que les émotions des autres t'affecteraient. C'est d'ailleurs pour cette raison qu'Aaron n'était pas présent. Ça aurait été trop dur pour lui.

— Non, mais je t'assure que ça ne m'aurait pas atteint ainsi si j'avais fait attention, m'affirma-t-elle rapidement pour me rassurer.

Je resserrai ma prise autour d'elle tandis qu'elle se lova un peu plus contre moi en relâchant son souffle. Je ne savais pas combien de temps nous restâmes ainsi, dans un silence confortable, juste en appréciant cette douce étreinte réconfortante, après cette soirée mouvementée.

— Luna, arrête ça, grondai-je en sentant une grande confusion en elle, après un bon moment. Je ne sais pas à quoi tu penses, mais laisse-moi te dire que je n'aime pas du tout, les sentiments qui se bousculent en toi en cet instant.

— Merde, lâcha-t-elle, prise sur le fait. Ça ne va pas du tout être fatiguant ce truc, se plaignit-elle.

— Tu peux me dire à quoi tu pensais ? lui demandai-je avec un grand sourire, en la trouvant super mignonne.

— J'ai l'impression de ne pas être à la hauteur et que je ne le serais jamais, souffla-t-elle tristement.

— Luna, regarde-moi bien, ma belle, lui demandai-je tendrement en glissant ma main sur sa nuque. Je t'assure que tu es déjà à la hauteur, seulement, tu te mets tellement la pression que tu ne le vois même pas. Tout le monde sait que c'est très dure pour toi, et personne ne te le reproche, ou ne t'en veut d'aller à ton rythme. Nous le comprenons tous. Puis, tu dois te rendre compte de tout ce que tu as déjà accompli jusqu'à maintenant. On en est tous très fière. Ok ?

Elle acquiesça rapidement mettant ainsi fin à cette discussion. Aïko me souffla qu'il serait bénéfique, pour notre petite femelle comme pour nous, de libérer nos animaux intérieurs afin de relâcher la pression. Il était plus qu'évident qu'il avait surtout très envie de retrouver Destiny, pour passer du bon temps avec elle. Toutefois, j'en conclus que c'était une bonne idée. Je n'eus pas le temps de poser la question à Luna, qu'elle se redressa avec un grand sourire en acceptant la proposition d'Aïko. Encore une fois, je fus surpris par tout ce qu'elle pouvait faire. Même si ça ne me dérangeait pas, je pris néanmoins conscience que j'allais devoir rapidement m'habituer au fait que ma compagne saurait et comprendrait toujours plus de choses que moi. Pour un puissant Alpha comme moi, il fallait bien avouer que ça en mettait un sacré coup à mon égo. Mais je ne pouvais faire autrement que de m'en amuser. De plus, ça me plaisait énormément de constater que notre femelle était extraordinaire et forte. Mon Loup me grogna immédiatement son approbation, étant apparemment du même avis que moi, face à mes réflexions.

Assis sur une chaise sur la terrasse de la villa, je sirotai une bière bien fraîche en observant Luna, rire et s'amuser avec les femelles et les deux petites filles de la Meute, dans notre piscine. Sans m'en apercevoir, depuis cette soirée où nous avions fait le point sur le problème actuel, une autre semaine venait de s'écouler, et il était indéniable qu'elle avait été chargée et éreintante. Malheureusement, je ne pouvais pas affirmer si elle avait été bonne ou mauvaise puisque les deux aspects s'étaient sans cesse croisés. Même si je penchais plus pour la positive. Enfin, ce moment de détente était le bienvenu.

Le bon côté était incontestablement l'évolution de ma relation avec Luna. De toute ma vie, je ne m'étais jamais douté que s'unir avec son âme sœur pouvait être aussi fort et intense. En même temps, je ne me serais certainement jamais lié à une autre femelle que cette femme magnifique, aussi belle intérieurement qu'extérieurement. Je me sentais tellement bien et apaisé à ses côtés, que je ne pouvais plu imaginer ma vie sans elle. En revanche, tous mes instincts protecteurs et territoriaux étaient à leur maximum. Je devais également freiner mon besoin de toujours savoir où elle était et ce qu'elle faisait. Et tout comme mon Loup, je désirais constamment être en sa présence. Malheureusement, avec les derniers évènements, j'avais passé beaucoup de temps à l'extérieur ou bien en réunion pour gérer la situation, qui n'avait que trop durée. En revanche, c'était un réel soulagement de pouvoir rejoindre ma compagne tous les soirs. Nous avions pris nos petites habitudes, comme si cela faisait des années que nous étions en couple, mais ça m'allait très bien. J'étais déjà assez contrarié et anxieux de ne pas passer plus de temps avec elle la journée, alors je savourais d'autant plus nos instants ensembles. Après le repas du soir que nous partagions avec nos camarades de Meute, à la villa, je l'emmenais dans les bois où nous laissions Aïko et Destiny batifoler pendant un moment. Ces deux-là étaient vite devenus inséparables, comme s'ils se connaissaient depuis toujours. Leur relation était tellement puissante que, même sous notre forme humaine, on les sentait souvent communiquer entre eux, dans nos esprits. Même si Luna avait l'habitude de ce genre de choses grâce à ses dons, pour moi c'était une première. C'était surprenant et assez spécial, mais mon Loup et moi nous en réjouissions. Il avait l'air de beaucoup apprécier ce lien particulier qui s'était créé avec sa femelle. De mon côté, j'aimais retrouver Luna et l'avoir rien que pour moi toutes les nuits. Dès que nous nous retrouvions enfin seuls dans notre chalet, je me laissais aller à vénérer son corps qui me faisait perdre littéralement la tête, et dont je connaissais maintenant chaque recoin. Bien qu'elle gardât toujours en elle une part de timidité très touchante, quand il s'agissait de sexe, elle n'avait pas peur de me livrer ses envies et de s'abandonnait sans retenues dans nos ébats. Le plaisir que nous partagions tous deux, était incommensurable, démesuré, je le décrirais même d'irréel. Je n'avais jamais ressenti la moitié, voir le quart, de ces sensations avec une autre femelle. Ma compagne les surplombait toutes et dans tous les domaines. Je ne pouvais nier que je succombais complètement à son charme et que je l'aimais chaque jour un peu plus. Cependant, il n'y avait pas que nos étreintes passionnées qui me plaisait. C'était un tout. J'appréciais son esprit vif et compréhensif. Sa façon de toujours penser au bien-être des autres avant le sien. Sa personnalité humble et bienveillante. Nous avions passé également beaucoup de temps à parler. En premier lieu, nous avions évoqué nos passés respectifs. J'avais rapidement fait le tour de ma relation conflictuelle avec mon père, Warren Morgan. Il n'y avait de toutes façons pas grand-chose à en dire. Il nous avait élevés à la dure, mon grand frère, Jason, et moi. C'était un père violent, manipulateur et imbu de lui-même. Seul le pouvoir et l'obéissance totale comptait pour lui. Et en tant qu'Alpha de la Meute Morgan, il lui était inconcevable d'héberger quelqu'un de plus dominant que lui. Ce qui malheureusement, avait été mon cas. Dès l'enfance, mon géniteur avait senti la puissante aura de mon Loup, tout comme ma propre force et mon obstination face aux obstacles et aux traitements qu'il m'infligeait. Il n'avait jamais compris que ces épreuves me renforçaient au lieu de me rabaisser. Mon frère s'en était mieux tiré que moi sur ce point puisqu'il lui obéissait au doigt et à l'œil, et ne s'interposait jamais. Peu à peu, Jason était devenu le double de Warren, prêt à prendre un jour la relève de notre père. J'avais tout de même attendu le jour de mes quinze ans et le coup de trop, pour enfin partir sans me retourner. Je n'avais plus rien à perdre. Je n'avais jamais connu ma mère qui était morte en me mettant au monde. Je n'avais aucune relation avec mon frère. Ma seule véritable famille se composait d'Ethan qui était mon meilleur ami depuis l'enfance. Donc, quand celui-ci m'avait annoncé qu'il partait avec moi ce jour-là, je n'avais eu aucun remords, ni regrets. Après avoir partagé mes souvenirs peu heureux, Luna s'était elle-aussi un peu confiée à moi. Ce fut ainsi que j'appris que c'était à cause d'une prophétesse que sa tribu de cœur avait été massacré. Elle ne s'était pas étalée sur cette histoire qui la faisait encore beaucoup souffrir. Puis, j'avais été surpris d'apprendre que quelques temps plus tard, elle avait essayé d'intégrer une Meute et ceux, malgré les épreuves que l'une d'entre elle lui avait infligées. Malheureusement pour elle, ça n'avait pas fonctionné et cela s'était même retourné encore une fois contre elle. À cause de ses différences et de son odeur très spécifique, elle était apparemment vite devenue une obsession pour son Alpha et son Bêta, une énigme à résoudre et une possession à obtenir à tout prix. Quand j'avais commencé à lui poser des questions, elle s'était immédiatement refermée et n'avait pas voulu entrée dans les détails. La seule chose que je savais, était qu'elle les avait fuis et qu'elle était restée seule depuis. Du moins, jusqu'à aujourd'hui. Bref, une fois le sujet de nos passés enfin clos, nous avions pris le temps d'échanger sur des choses plus légères, comme nos habitudes dans la vie de tous les jours, nos aspirations, ce que nous aimions faire, manger, nos passions, nos loisirs. Je chérissais de plus en plus ces petits échanges, où nous pouvions juste parler, rire, se câliner, et s'enlacer.

Malgré ces instants de bonheur, je n'en oubliais pas la menace qui pesait sur nos têtes. À présent, j'étais plus que conscient que ma compagne représentait une cible parfaite pour m'atteindre. Je savais bien qu'elle était loin d'être sans défense, toutefois, ça ne m'empêchait pas de m'inquiéter constamment pour elle dès qu'elle se trouvait hors de ma portée. Cette semaine, mes Lieutenants et moi avions contribué à éloigner une partie du danger qui nous guettait, même si pour ma part, je trouvais cela insuffisant. Nous avions commencé par rendre une petite visite surprise à Ezra Thomson. Nous savions que c'était le principal intermédiaire à atteindre dans cette histoire, pour toucher les autres. Ce qui s'était d'ailleurs avéré fructueux. Cet humain pathétique s'était empressé d'appeler ses clients dès que nous étions sortis. D'ailleurs, nous ne comprenions toujours pas comment il avait fait pour faire carrière dans ce domaine. À peine étions-nous entrées dans son bureau, qu'il s'était mis à pâlir et à se confondre en excuses. La seule raison pour laquelle je l'avais épargné, résidait dans le fait qu'il devait nous servir de messager. En revanche, ça ne m'avait certainement pas arrêté pour l'abîmer un minimum. C'était la moindre des choses pour apaiser ma colère et celle d'Aïko, qui réclamait vengeance. Dès le lendemain de cet « entretien », nous avions appris que les deux associés de Warren l'avaient laissé tomber, par peur de représailles de notre part. Surtout maintenant qu'ils savaient que nous connaissions leurs identités. C'était une bonne chose, mais il nous restait encore deux autres problèmes de taille à régler. Le premier s'appelait Drake. Ce type s'était évaporé dans la nature. Un véritable fantôme. Même Kris et ses contacts n'arrivaient pas à mettre la main dessus, ce qui représentait un sérieux problème. Ce métamorphe était fou allié et incontrôlable, donc une menace importante, surtout qu'il avait déjà pris Luna pour cible. Puis, il y avait Warren. Ce n'était pas nouveau pour nous puisqu'il avait déjà essayé à plusieurs reprises de s'en prendre à nous, au fil des années. Seulement, il n'avait pas assez confiance en ses capacités pour nous attaquer de front. Il était plus sournois que ça. Il envoyait les autres faire le sale boulot à sa place, ainsi il pouvait rester planqué sans craindre d'éventuelles représailles. Je ne m'en formalisais même plus. S'il avait du temps à perdre alors ... Pour ma part, toutes ses tentatives ne m'avaient jamais atteint. Cependant, quelque chose avait changé en moi. Luna. Je ne supportais pas l'idée qu'il puisse un jour s'en prendre à elle. Aussi, je savais que je devais prendre une décision le concernant, pour mettre fin à cette histoire qui n'avait que trop durée.

Je reportai mon attention sur ma petite femelle qui continuait à s'amuser avec la petite Millie, la fille de Jenna, toutes deux riant aux éclats. Je fus stupéfait de l'imaginer jouant ainsi avec notre propre enfant. Je n'avais jamais voulu de compagne alors des enfants encore moins. Ça ne m'avait même jamais traversé l'esprit. Je ne savais pas non plus qu'elle était la position de Luna sur le sujet. Toutefois, depuis notre union, je devais bien admettre que mon monde et toutes mes certitudes avaient complètement chamboulé ma vision des choses. Je découvrais des émotions et des sensations encore inconnues. Alors, je me dis que peu importe ce qu'il se passera, je laisserai nos envies et notre destinée nous guider.

Chapitre 23

Luna

Je clignai des yeux, peinant difficilement à entrouvrir mes paupières. J'avais l'impression que ma tête pesait une tonne tandis que mon corps me faisait souffrir dès que j'essayais de bouger. Puis, je m'aperçus que je me trouvais allongée sur un sol dur et froid. J'aurais aimé pouvoir me redresser, mais je replongeai malgré moi dans l'inconscience.

Un écho lointain résonna dans ma tête et me ramena peu à peu à la réalité, en me réveillant de ma léthargie. J'ouvris doucement les yeux, en essayant de reprendre conscience de mon environnement. Ma vision se fit d'abord floue, avant de s'éclaircir peu à peu. Je me redressai péniblement en gémissant de douleurs, et m'assis laborieusement en grimaçant. En parcourant mon corps pour évaluer les dégâts, je retins un cri d'effroi en constatant que je ne portais plus que mon soutien-gorge et ma culotte. Je ne vis aucunes blessures apparentes, à part les courbatures qui me lançaient à chaque mouvement. Je ne m'attardai donc pas sur ma nudité et décidai d'étudier les lieux en regardant partout autour de moi. Aussitôt, la peur m'envahit lorsque je découvris un endroit inconnu. C'était une pièce sombre dont la seule lumière provenait d'une fenêtre étroite tout en longueur, positionnée en hauteur près du plafond, et à en croire par l'humidité dans l'air, l'odeur de renfermée, ainsi que le froid qui y régnait, j'en conclus sans difficultés qu'il s'agissait certainement d'une cave. Cependant, cette découverte ne fut rien comparée au fait que j'étais entourée de toute part par des barreaux épais, me laissant aucun doute sur ma condition de captive. J'étais enfermée dans une cage, mesurant environ trois mètres sur trois, et aux sons qui me parvenaient, je pouvais en déduire qu'elle était électrifiée. Je ramenai mes genoux contre ma poitrine, en les étreignant fortement dans mes bras, en réprimant au mieux les frissons de peur et de froid qui me secouèrent tout entière. Pour ne pas céder à la panique, ce qui ne ferait qu'empirer la situation, je remontai plutôt le fil de mes souvenirs, pour comprendre comment j'en étais arrivée là.

Je me souvenais qu'Asher m'avait réveillé de manière délicieuse, de bon matin. Je l'avais découvert la tête enfouie entre mes cuisses, la bouche sur mon sexe pour me donner un plaisir inouï. Puis, nous avions fait tendrement l'amour, mettant tout ce que nous ressentions l'un pour l'autre dans cette douce étreinte. J'avais enfin cette impression d'être heureuse et que, plus nous avancions dans notre relation, plus notre lien se renforçait de manière indéfectible. Ma peur de l'abandon était toujours présente mais s'estompait de jour en jour, alors je me noyais dans ces instants de bonheur intense que je n'avais jamais connus auparavant, en espérant qu'ils ne s'arrêteraient pas. Après cette parenthèse charnelle, je m'étais préparée pour aller travailler « À l'Opale », tandis qu'Asher était parti à la villa pour rejoindre ses Lieutenants. Mon service s'était passé sans incident, je m'étais même beaucoup amusée avec Brendon et Emery qui s'amusaient sans cesse à faire le pitre pour me faire rire. C'était d'ailleurs incroyable, la relation qui s'était installée avec les membres de la Meute. Au fil des jours, je me sentais plus proche d'eux, et, à présent, j'avais la certitude de faire entièrement partie de leur grande famille. Puis, après le repas du midi, quand la plupart des clients étaient partis, j'avais pris ma pause dans l'arrière-cour du bar pour prendre l'air. Après ça, c'était un peu flou, mais il me semblait que c'était à ce moment-là que Jada était apparue par la petite porte donnant sur la rue adjacente. Elle voulait me parler, soi-disant pour s'excuser de son comportement. Je m'étais approchée de quelques pas tout en restant sur mes gardes, n'ayant aucune confiance en elle. Toutefois, je n'avais pas eu le temps de comprendre ce qui s'était passé, lorsque j'avais ressenti une grande douleur dans mon cou. En portant automatiquement ma main à cet endroit, j'en avais retiré une fléchette, plantée dans ma peau. Je me rappelais l'avoir regardée avec stupeur avant de m'effondrer et de sombrer dans l'obscurité.

Je revins au présent lorsque j'entendis une cacophonie étrange en arrière-plan dans mon esprit. J'essayai de me concentrer sur les sons, que je devinais être des voix, sans en comprendre les paroles, ni le sens. Confuse, autre chose me parut bizarre. Je fouillai au plus profond de moi-même en ressentant un grand vide inhabituel. Je m'alarmai immédiatement lorsque je ne sentis plus aucun signe de Destiny. Je me mis à l'appeler en la cherchant dans chaque recoin de mon être, complètement paniquée à l'idée que quelque chose lui soit arrivée. Après plusieurs secondes d'incertitude, je relâchai enfin mon souffle quand elle se manifesta faiblement au fond de moi. Elle semblait en demi-sommeil, totalement amorphe. Je me demandais quel genre de drogue on avait bien pu nous administrer, pour nous affecter à ce point.

Je sursautai violemment et relevai la tête quand la porte s'ouvrit en grand.

— Bonjour ma jolie. Je vois que tu es enfin réveillée.

Je me pétrifiai en reconnaissant immédiatement Drake, le métamorphe tigre qui m'avait menacé au bar. Il arborait un sourire carnassier, en s'approchant de la cage où je me trouvais.

— Je t'avais bien dit qu'on se reverrait bientôt, me lança-t-il avec un regard un peu fou.
— Qu'est-ce que vous me voulez ? croassai-je à cause de ma gorge sèche.
— Figure-toi qu'au départ, tu n'étais pour moi qu'un contrat de plus. Je devais simplement m'en prendre à toi pour attirer ton Alpha. Le but était simple : le faire souffrir pour ensuite le tuer, et peut-être même toi avec. Mais, il faut dire qu'en voulant me rapprocher de vous par l'intermédiaire de cette garce, je ne

m'attendais pas du tout à ce qu'elle éveille ainsi ma curiosité, m'expliqua-t-il en marchant de long en large, d'un pas lent, en ne répondant pas vraiment à ma question.

Je me crispai instantanément à ses paroles et sentis un brusque tressaillement de Destiny à l'intérieur de mon être. La drogue dans notre organisme commençait certainement à se dissiper. Donc, malgré la peur qui m'étreignait, j'en conclus qu'il me fallait gagner du temps pour la laisser émerger complètement.

— Je ne comprends pas, dis-je d'une voix tremblante, pour l'inciter à continuer.
— Ce que tu dois savoir, ma jolie, reprit-il en venant s'agenouiller en face de moi, de l'autre côté des barreaux, c'est qu'il a seulement suffit d'un détail pour que mes plans changent du tout au tout.
— Lequel ? voulus-je savoir.
— La couleur de tes yeux, lâcha-t-il d'un air satisfait en se relevant pour reprendre sa marche et ses explications. Dans mon milieu, je côtoie beaucoup de gens de tous milieux et, même si je reste invisible aux yeux de tous, je suis toujours à l'affût de la moindre information pouvant me servir. Et figure-toi que j'avais déjà entendu parler d'une jeune femme ayant cette particularité. Donc, quand ton amie Jada a lâché ce détail, j'ai été très pressé de le constater par moi-même. Je devais absolument vérifier que tu correspondais bien à la description qu'on m'avait faite. J'avoue que je n'ai pas été déçu en te voyant.

J'écarquillai les yeux de terreur lorsque je compris que mon passé était en train de refaire surface.

> — Ne t'inquiète pas ainsi, mon petit trésor, me dit-il en me voyant certainement pâlir et en s'arrêtant de nouveau devant moi. Mes plans ont changé dès l'instant où je t'ai rencontré dans ce bar. J'ai bien essayé de t'enlever le soir même, mais cet Alpha de malheur a réussi à me prendre de vitesse et à t'atteindre avec ses chiens-chiens, avant moi, marmonna-t-il avec un air furieux. Mais, ils ne le pourront plus, à présent. Tu es à moi et entièrement à moi maintenant, ajouta-t-il avec un regard fou. Je vais me faire un immense plaisir de remplacer cette vilaine marque qui couvre ton cou. Et lorsque je t'aurais prise par tous les trous, et remplie à ras bord de ma semence, ce sera mon odeur que tu porteras pour toujours, me susurra-t-il vulgairement, en empoignant son sexe en érection à travers son jean serré, qui ne me laissait aucun doute sur son désir.

Je recouvris instinctivement la marque de mon âme sœur de ma main, horrifiée par les paroles salaces de mon kidnappeur. Même si je savais qu'il n'avait aucune chance d'arriver à ses fins, je ne pus m'empêcher de frissonner d'effroi en pensant à ce qu'il voulait me faire. Alors que la panique menaçait de m'engloutir, une voix de plus en plus précise s'insinua dans mon esprit et mon âme. Je soufflai intérieurement de soulagement en reconnaissant et en ressentant de nouveau mon âme sœur au plus profond de moi.

« *Asher* », murmurai-je par télépathie.

« *Luna ? Luna, tu m'entends ma belle ?* », me demanda-t-il immédiatement pour être sûr de bien m'avoir entendu.

« *Oui, je t'entends* », le réconfortai-je en sanglotant presque face à toutes les émotions qui se bousculaient en lui, et qui me parvenaient grâce à notre lien.

« *Où es-tu ma chérie ? Est-ce que tu vas bien ?* », me questionna Asher, au bord de la crise de nerfs, semblant complètement bouleversé.

Je décidai de ne pas lui rapporter les dires de ce fou pour ne pas l'inquiéter davantage. Étonnamment, en arrière-plan dans mon esprit, j'entendis et ressentis aussi l'inquiétude, le soulagement et la fureur de mes camarades de Meute, qui se faisaient apparemment beaucoup de soucis pour moi. Perdue dans cet endroit froid et sans âmes, avec cet homme qui me voulait du mal, ça me réchauffa instantanément de l'intérieur. Je sentis également Destiny qui remontait peu à peu à la surface. Elle était vraiment furieuse et se tenait en alerte, prête à attaquer dès qu'elle en aurait la possibilité.

« *Je vais bien* », rassurai-je mon compagnon.

« *Je pense me trouver dans une cave mais je suis enfermée dans une cage électrifiée. Et Drake est là* », ajoutai-je.

« *Quoi ?* », cria-t-il aussitôt dans ma tête.

Je voulus tout de suite l'apaiser, mais m'en abstins en entendant quelqu'un arriver. Drake s'immobilisa et plissa les yeux de manière menaçante, quand la personne entra en l'interpellant méchamment.

— Je peux savoir ce qu'elle fait encore ici ? cracha-t-elle en m'ignorant totalement et en faisant face à Drake, que je vis se raidir en serrant les poings le long de son corps. Tu m'avais dit que tu devais la livrer au plus vite à cet Alpha et son Bêta qui la cherchent depuis longtemps.

« *Oh mon Dieu, Asher. Jada s'est associée à ce type pour m'enlever* », répétai-je à mon compagnon.

« *Bordel* », gronda-t-il, furieux.

— J'en ai décidé autrement, lui répondit Drake entre ses dents serrées, en la fusillant du regard.
— Mais c'était le plan parfait, cria-t-elle en tapant du pied au sol et en plaçant ses poings sur ses hanches. On devait se partager la récompense pour sa capture. Elle devait sortir de nos vies pour que je puisse enfin avoir le champ libre avec Asher.

Ce que je ressentis en cet instant n'annonçait rien de bon. Je compris rapidement qu'il était préférable de me faire toute petite, en absorbant le maximum d'informations possibles, pour les transmettre ensuite à Asher. Maintenant que Destiny et moi ne faisions de nouveau plus qu'une, je ne m'inquiétais plus de ma condition de captive. Je savais que nous trouverions le moyen de nous échapper d'une façon ou d'une autre, et que rien ne pourrait nous retenir prisonnière. Je reportai mon regard sur Drake qui éclata d'un rire dément qui me fit froid dans le dos.

— Oh ma pauvre, que tu es naïve. Si tu t'imagines avoir la moindre chance avec cet homme, c'est que tu es encore plus bête que je ne le pensais, lui affirma-t-il en calmant son hilarité.

— Quoi ? chuchota Jada en le regardant avec les yeux grands ouverts de surprise, alors que ses bras retombèrent mollement le long de son corps.

— Ton plan n'a jamais été le mien, reprit-il. Tu n'étais qu'un pion me permettant de m'approcher de Luna. D'ailleurs, je te remercie. Tu as joué ton rôle à la perfection. De toute façon, tu n'auras pas l'occasion d'essayer quoi que ce soit, puisque la Meute Opale et ton Alpha ne seront bientôt plus de ce monde.

— Quoi ? Comment ça ? demanda-t-elle en blêmissant à vue d'œil, alors que moi-même je me retins de ne pas demander ce qu'il entendait par là.

— Vois-tu, pendant que tu es là à piailler comme une dinde, ta Meute s'apprête à être attaquée et exterminée, lâcha-t-il.

Mon souffle se bloqua immédiatement dans mes poumons, alors que Destiny me lacéra de l'intérieur pour se ruer sur ce cinglé.

— Le cher *Papa* a vraiment une dent contre son fils, et il voulait absolument sa vengeance. Malheureusement, sa propre Meute n'a pas voulu le suivre, alors j'ai décidé de l'aider un peu, en le mettant en relation avec les bonnes personnes pour ça. Et laisse-moi te dire que tes petits camarades n'ont aucune chance de s'en sortir, face à mes relations.

— Tu n'as pas le droit, cria Jada, complètement défaite, tandis que j'observais leur échange, immobile, paralysée par tout ce que j'apprenais.

Cependant, je repris rapidement mes esprits et déterminée, je recommençai ma conversation télépathique pour les prévenir du danger. Dans cette histoire, j'avais au moins la chance que mes agresseurs ne se soient pas aperçus de mon lien d'âme sœur et qu'ils ne me suspectent pas de pouvoir avertir les miens.

« *Asher, vous allez être attaqués d'un instant à l'autre* », m'exclamai-je gravement.

« *Je sais, on vient de les repérer aux abords de notre périmètre de sécurité* », m'informa-t-il sombrement.

« *Asher, je ...* », commençai-je de plus en plus angoissée, avant d'être brusquement interrompue.

« *Quoi ? Qu'est-ce qui se passe ?* », s'inquiéta-t-il immédiatement.

Mais surprise par la scène qui se jouait devant mes yeux, je fis abstraction de ses appels. Je vis Drake fondre sur Jada et l'attraper par la gorge en la décollant du sol. Elle essaya vainement de se soustraire à sa prise qu'il resserra, mais il était évident qu'elle n'avait aucune chance.

— Pour ton information, salle garce, tu ne représentes rien pour personne, et maintenant que tu ne m'es plus d'aucune utilité, tu n'es qu'un élément gênant que je vais m'empresser d'éliminer, lui cracha-t-il haineusement au visage.

— Non ..., gémit-elle en s'étouffant, au bord de l'asphyxie.

Je plaquai une main sur ma bouche pour retenir le cri d'horreur qui voulut passer la barrière de mes lèvres, quand Drake lui arracha violemment la gorge de ses dents. Un haut le cœur me secoua lorsqu'il se retourna vers moi, après l'avoir jeté par terre. Il se lécha les lèvres en gémissant, comme s'il se délectait du sang frais qui s'y trouvait.

— Comme je te l'ai dit avant d'être interrompu par ce déchet, tu es à moi désormais, et rien ni personne ne m'empêchera de te faire mienne, déclara-t-il en se rapprochant de ma cage, tel un prédateur. Je ne sais pas encore ce que tu es mais, une chose est sûre, je vais me faire un plaisir de le découvrir. Par tous les moyens, se réjouit-il avec une expression perverse inscrite sur son visage.

Je détournai le regard et tombai dans celui sans vie de Jada, qui gisait inerte dans une mare de sang, alors que ma colère se mettait à enfler, venant du plus profond de mes entrailles. Je n'aimais peut-être pas cette femelle mais je ne souhaitais à personne une telle mort. Je reportai mon attention sur Drake qui me dévorait d'un regard lubrique qui me donna immédiatement envie de vomir. Cependant, un déclic se fit en moi à cet instant, lorsque je sentis mon alarme interne irradiait dans tous les sens, m'indiquant plusieurs intrusions malveillantes sur la propriété de la villa. L'attaque était en cours. La fureur de Destiny me traversa de part en part, comparable à une coulée de lave circulant dans mes veines. Je me redressai et me mis debout sur mes jambes tremblantes, en ne lâchant pas Drake une seule seconde du regard. Je sus immédiatement le moment où il vit les flammes envahir mon regard, avant qu'elles ne me recouvrent entièrement. Les yeux exorbités, la bouche ouverte, j'eus enfin la satisfaction de voir son expression arrogante s'effacer de son visage pour être remplacée par de la peur.

— Tu voulais savoir ce que je suis, dis-je d'une voix altérée alors que Destiny prenait le pas sur moi. Eh bien, tu vas tout de suite le savoir.

Je me transformai en une fraction de seconde pour prendre, pour la première fois depuis longtemps et pour la deuxième fois de ma vie, ma véritable forme. Je sentis la puissance démesurée et la magie authentique du Phénix m'habiter tout entière. Cela me semblait incommensurable. Devant ce spectacle inédit, Drake en tomba à la renverse et essaya tant bien que mal de reculer en rampant au sol. Destiny déploya ses grandes ailes de feu magiques, faisant exploser tous les barreaux de sa prison d'un seul battement, brisant ainsi le seul obstacle qui se trouvait entre notre proie et nous. Même la décharge électrique infligée par le contact avec la cage fut totalement insignifiante. Un nouveau battement d'ailes envoya un mur de flammes infranchissables, juste devant la seule porte de la pièce par laquelle Drake essayait de s'échapper.

— Tu vas mourir douloureusement maintenant, lui annonçai-je d'une voix métallique.

Sentant l'urgence de la situation pour notre Meute, Destiny n'hésita pas une seconde à lui envoyer une salve de feu qui le recouvrit entièrement, le faisant hurler de douleur et se rouler au sol dans tous les sens pour échapper à son enfer. Néanmoins, elle attendit le dernier souffle de son ennemi et la fin de sa combustion, pour ensuite s'envoler, afin de sortir de cet endroit pour rejoindre les siens au plus vite.

« Je vous protègerai jusque dans la mort. Je vous en prie, tenez bon », les suppliai-je en une prière silencieuse pour les personnes que j'aimais et que je considérais maintenant comme ma famille.

Chapitre 24

Asher

J'avais l'impression que j'allais exploser. Comment cela avait-il pu se produire. C'était insensé. Notre compagne avait disparu, enlevée dans notre propre bar. J'étais à la fois furieux et inquiet. Je faisais les cent pas dans l'arrière-cour où l'enlèvement avait eu lieu un peu plus tôt.

Je me demandais comment une journée qui avait si bien commencée, pouvait aussi mal tourner. Comme tous les matins, je m'étais réveillé auprès de Luna qui était encore endormie. Son corps nu contre le mien, entre mes bras, avait instantanément éveillé mon désir insatiable pour elle. Impatient, je m'étais alors glissé entre ses cuisses pour déguster sa saveur. Quelle autre meilleure satisfaction pour moi que de la réveiller en lui procurant du plaisir. Puis, elle m'avait offert une douce étreinte charnelle qui, comme à chaque fois, m'avait touchée au plus profond de mon âme. Nous n'avions besoin d'aucun mot pour exprimer tout ce que nous ressentions l'un pour l'autre. On était en parfaite harmonie. Depuis quelques jours, j'avais enfin pris pleinement conscience que je ne me lasserais jamais de ma compagne et que je ne pourrais plus vivre un seul instant sans elle. Même si j'avais déjà des sentiments très fort pour elle, je m'étais quand même souvent demandé si notre relation serait toujours aussi intense au fil du temps. Mais j'avais vite pu constater qu'en fait, celle-ci se renforçait de jour en jour, tout comme je ne me lassais pas de cette incroyable alchimie qui existait entre nous. Ce n'était pas quelque chose d'évident à admettre pour une personne comme moi, qui n'avait jamais eu de relation sérieuse. On pourrait même dire de relation tout simplement puisque, à part mes relations sexuelles d'un soir avec les femelles que j'avais fréquentées, ce genre de lien entre deux amants était inexistant et m'était étranger. Avec Luna c'était différent. J'aimais nos interactions, nos échanges, nos contacts, ainsi que nos ébats passionnés. En fait, il était évident que je l'aimais tout simplement. J'avais encore eu beaucoup de mal à la laisser partir travailler aujourd'hui mais, puisqu'il le fallait, j'étais parti retrouver mes Lieutenants pour notre réunion. Cependant, après le repas, toutes mes alarmes internes s'étaient mises à hurler lorsque j'avais ressenti un grand choc à l'intérieur de moi, et ensuite le néant. Tout comme moi, Aïko était devenu complètement fou en réalisant que ça venait de notre petite femelle. Avec mes hommes, nous nous étions immédiatement précipités « À l'Opale », seulement il était déjà trop tard. Notre Luna avait disparu. Je ne cessais de la contacter par télépathie depuis, mais sans aucun résultat. Aïko me poussait à traquer les personnes en cause, malheureusement nous n'avions aucune piste, juste des suppositions.

Mes Lieutenants qui parlaient entre eux jusqu'à présent, en élaborant toutes sortes d'hypothèses, me stoppèrent dans cette fureur qui me prenait aux tripes et qui ne cessait d'augmenter au fil de mes pensées, et surtout à cause des minutes qui défilaient.

— Asher, je comprends l'état dans lequel tu es, mais on devrait retourner à la villa pour parer à toutes éventualités, me conseilla Ethan, l'air sombre et furieux lui-aussi.

Je m'arrêtai en me frottant le visage de mes mains, et les passai ensuite dans mes cheveux, comme pour me laisser le temps de reprendre le contrôle de moi-même. Il avait raison, ce qu'il nous fallait c'était un plan d'action.

— On la retrouvera, Asher. Je te le promets. Nous ferons tout ce qui est en notre pouvoir pour la ramener auprès de nous, mon frère, me déclara-t-il avec beaucoup d'émotion, en me prenant par les épaules tout en me transperçant de son regard.
— Merci, mon frère, lui retournai-je d'une voix rauque, reconnaissant mais aussi extrêmement touché par sa sincérité et son soutien.

Dès notre arrivée à la villa, Kris nous interpella en se précipitant vers nous.

— Je pense que nous allons avoir de la visite, nous informa-t-il avec urgence.

— Explique-nous tout, lui demandai-je rapidement.

Il se joignit à nous alors qu'Ethan, Denis et moi avancions tous d'un bon pas pour atteindre au plus vite mon bureau.

— Nous venons de recevoir un appel d'un membre de notre Meute qui vit en ville. Ce midi, lui et plusieurs de ses amis étaient partis se promener en forêt sous leur forme animale, lorsqu'ils ont repéré un grand nombre d'odeurs inconnues, nous expliqua-t-il rapidement.

— Est-ce qu'ils savent de quoi il est question ? lui demanda Denis.

— Selon eux, il s'agit bien de métamorphes. Des tigres pour la majorité, mais ils ont aussi senti quelques loups.

— S'ils ont réussi à les identifier aussi nettement, c'est que les traces étaient encore fraîches. À quel endroit les ont-ils senties ? le questionnai-je en dépliant une grande carte de notre territoire sur mon bureau que nous venions de rejoindre.

Il me montra aussitôt une zone du doigt.

— À peu près ici. À environ trois kilomètres de la frontière de notre propriété, vers le nord.

— Il me semble qu'il reste encore des vieux chalets à l'abandon de ce côté, non ? s'interrogea Ethan en nous montrant un endroit sur la carte un peu plus proche de notre territoire, mais dans la même direction de la zone indiquée par Kris. Ça serait une bonne planque pour un regroupement de personnes avant de donner un assaut, supposa-t-il.

— Ils préparent une attaque, affirmai-je en étant du même avis qu'Ethan, tandis que je pris appui sur mon bureau de mes poings serrés. S'ils ont choisi cet endroit précisément, c'est qu'ils prévoient de nous encercler par l'avant et les flancs. Ils pensent certainement qu'ils peuvent nous acculer contre les collines à l'arrière de la propriété et qu'il n'y aura aucune fuite possible pour nous.

— Pas très original et incontestablement voué à l'échec pour eux, soupira Denis en secouant la tête face à l'évidence.

— Je dois avouer que c'est assez vexant qu'ils pensent vraiment qu'on serait capable de fuir devant eux, ajouta mon Bêta, offusqué par cette idée.

Il était vrai que même si nous ne connaissions pas encore leur nombre, nous avions de nombreux avantages que nos ennemis ignoraient. Outre le fait que la clôture autour de notre propriété était piégée, nous avions également plusieurs tunnels et sorties souterraines indétectables, ainsi que d'autres surprises que nous pouvions activer en cas d'attaque. En nous installant ici, nous nous étions parés à toutes éventualités, tout en nous perfectionnant sur notre sécurité au fil des années. Le seul problème était qu'ils avaient vraiment choisi le mauvais timing. Je m'inquiétais pour ma compagne et ne désirais qu'une chose en cet instant : la retrouver. Aussitôt que cette pensée me traversa l'esprit, je pris conscience de ce fait.

— Bordel, explosai-je. C'était prémédité.
— De quoi tu parles ? m'interrogea Denis, surpris par mon excès de rage.

Je n'eus pas le temps de répondre, qu'Ethan répondit pour moi, comme s'il avait lu dans mes pensées.

— L'enlèvement de notre Luna, de notre femelle Alpha, dit-il gravement. Ils savaient qu'on la chercherait et qu'on mettrait tout en œuvre pour la retrouver. Ils comptaient certainement là-dessus pour nous attaquer plus facilement en pleine panique. Ils devaient penser qu'on baisserait notre garde et qu'il y aurait probablement des failles dans notre système de sécurité. Sans compter qu'Asher serait encore plus perturbé et inquiet par l'absence de sa femelle. Même dans le cas où ils ne sont pas au courant pour leur lien d'âmes sœurs, ils doivent forcément être au courant qu'ils se sont revendiqués comme compagnons de vie. Leurs marques et leurs odeurs le prouvent et sont surtout incontournables.
— Ok, je crois qu'on a assez perdu de temps, grognai-je alors que la justesse des paroles de mon meilleur ami faisait augmenter ma fureur déjà mal contenue. Denis, donne l'alerte, on passe en confinement. Vérifie bien que tout le

monde est en sécurité au bunker. Pour ceux qui sont encore en ville, qu'ils se mettent en lieu sûr en attendant la levée. Dès que c'est fait, Kris tu m'actives tous nos pièges et tu surveilles tes écrans pour nous informer en temps réel. Ethan, appelle nos alliés les plus proches pour qu'ils nous viennent en renfort en cas de besoin. Même si j'ai bien peur qu'il soit trop tard pour qu'ils arrivent à temps, je préfère savoir qu'ils protègeront les membres les plus faibles s'il y a un problème, ordonnai-je à mes hommes avant d'être interrompu par la sonnerie de mon téléphone.

J'eus un instant d'hésitation avant de répondre, en voyant que c'était un numéro inconnu. Je ne dis rien en portant mon portable à mon oreille, attendant que la personne s'identifie.

— *Asher ? C'est Jason*, m'annonça la voix de mon frère que je n'avais pas entendu depuis des années.

Entendant très bien grâce à leur ouïe fine, mes camarades se figèrent à mes côtés, les yeux écarquillés, sous le choc. Je resserrai ma main autour de mon téléphone sans pouvoir lâcher un son.

— *Écoute, je voulais juste t'informer que notre père à l'intention de vous attaquer aujourd'hui. La Meute a refusé de le suivre dans sa vengeance, donc il s'est allié à un homme du nom de Drake, qui lui a fourni ce dont il avait besoin pour passer à l'offensive. Il est vraiment décidé à en finir pour de bon cette fois. Mais je*

*viens d'apprendre qu'il y avait une contrepartie
à cette alliance. En paiement pour son aide, cet
homme aurait réclamé ta femelle Alpha, ta ...
compagne. Et il serait aidé par quelqu'un de ta
Meute pour se la procurer.*

Il y eut une pause alors que je ne retins plus le grondement bas qui sortait en continu de ma gorge, passant la barrière de mes dents serrées à m'en faire mal.

— *Asher, sache qu'en tant que Bêta de ma Meute,
je ne soutiens pas les décisions de Warren à ton
encontre et que nous n'avons, en aucun cas,
voulu y participer. J'espère que tu en tiendras
compte et que tu ne nous en tiendras pas
rigueur.*

Je raccrochai sans un mot et explosai violemment mon portable contre un des murs de mon bureau. Le grondement grave qui me secouait, gagna en intensité tandis que je sentis Aïko prendre peu à peu le contrôle, jusqu'à émerger dans mes yeux.

— Asher, reprends-toi, m'ordonna Ethan en se
tenant sur ses gardes. Ce n'est vraiment pas le
moment d'entrée en frénésie. Tu le feras
quand tu affronteras nos ennemis. Pour
l'instant, ta Meute a besoin de toi. Ta femelle
a besoin de toi.

Je hurlai de rage en agrippant mes cheveux de mes mains, avant de reprendre peu à peu le contrôle de moi-même. J'inspirai profondément plusieurs fois, afin de calmer ma respiration haletante. Ethan m'étreignit fortement l'épaule pour m'assurer de son soutien.

— Elle va s'en sortir, Asher. Elle est forte et intelligente, m'affirma-t-il avec conviction.

Je savais qu'il avait raison, cependant ça ne m'empêchait pas d'être mort d'inquiétude pour elle. Désemparé, j'essayai à nouveau de la contacter par notre lien télépathique.

« *Luna, je t'en supplie ma chérie, réponds-moi* », la suppliai-je.

Mais alors que je m'apprêtais encore à essuyer un échec, un murmure se fit dans mon esprit.

« *Luna ? Luna, tu m'entends ma belle ?* », lui demandai-je avec espoir.

« *Oui, je t'entends* », me répondit-elle avec un soulagement évident, alors que peu à peu je ressentis de nouveau ses émotions au fond de moi.

« *Où es-tu ma chérie ? Est-ce que tu vas bien ?* », la questionnai-je, bouleversé.

« *Je vais bien. Je pense me trouver dans une cave mais je suis enfermée dans une cage électrifiée. Et Drake est là* », m'informa-t-elle.

« *Quoi ?* », criai-je malgré moi.

— Asher ? me demanda Ethan tandis que Denis et Kris venaient de sortir de mon bureau pour se mettre en action.

— Je viens de parler à Luna, l'informai-je tandis que nous sortions nous aussi à grands pas de mon bureau pour rejoindre notre poste à l'extérieur.

— Elle va bien ? s'inquiéta-t-il immédiatement.

— Oui, mais elle est enfermée dans une putain de cage électrifiée, certainement dans une cave, et en compagnie de Drake, grognai-je, furieux.

— On s'occupera de lui dès qu'on en aura fini ici, déclara-t-il en grognant, très en colère lui-aussi.

Je me stoppai net en entendant la voix horrifiée de ma compagne dans ma tête.

« *Oh mon Dieu, Asher. Jada s'est associée à ce type pour m'enlever* », me dit-elle.

« *Bordel* », grondai-je.

— C'est Jada qui a aidé Drake à enlever Luna, répétai-je à mon Bêta.

Je l'entendis gronder tout bas, puis répondre à son téléphone quand il sonna.

— Tout le monde est en sécurité et tout est en place. Kris nous informe dès qu'il a un visuel. En revanche, pour les renforts, il faudra attendre au moins une heure pour qu'ils nous rejoignent, me répéta-t-il après avoir mis fin à son appel, même si j'avais très bien entendu la conversation.

Nous prîmes place à une vingtaine de mètres du portail de l'entrée de la propriété, en ayant une bonne vision de la route et des alentours à travers les barreaux de celui-ci, attendant patiemment le début des festivités. Il ne fallut que quelques minutes avant que Kris ne nous avertisse qu'il avait nos ennemis à l'écran.

« *Asher, vous allez être attaqués d'un instant à l'autre* », s'exclama Luna, avec anxiété.

« *Je sais, on vient de les repérer aux abords de notre périmètre de sécurité* », l'informai-je.

« *Asher, je ...* », commença-t-elle avant de s'interrompre brusquement.

« *Quoi ? Qu'est-ce qui se passe ?* », lui demandai-je avec urgence en ressentant son angoisse, puis l'horreur qui l'habitait.

« *Luna ? Luna ?* », insistai-je sans résultat.

— Bon sang, Luna ne me répond plus, m'énervai-je au bord de l'explosion en reportant mon attention sur l'extérieur de notre propriété, en apercevant du mouvement.

— Ils arrivent, me confirma mon Bêta. Plusieurs alarmes viennent de se déclencher le long de notre clôture, m'informa-t-il en regardant l'écran de son portable avant de le ranger.

Nous attendîmes patiemment leur arrivée, restant aux aguets. Quelques minutes passèrent ainsi avant que j'entende la voix lointaine et déterminée de mon âme sœur dans mon esprit, comme si elle se parlait à elle-même.

« *Je vous protègerai jusque dans la mort. Je vous en prie, tenez bon* »

— Je crois que je viens d'entendre Luna ... dans ma tête ... mais comment ..., bafouilla-t-il en blêmissant d'un coup en vacillant une fois avant de retrouver son équilibre.

Je le regardai surpris, mais aussitôt ma tête se mit à tourner aussi. Une grande force intérieure m'envahit me coupant instantanément le souffle pendant un instant. Si mes deux pieds n'avaient pas été solidement ancré au sol, j'en serais tombé à la renverse. Je clignai des yeux, ébahi, en sentant une énergie assurément magique déferler en moi, d'une extrême puissance, me donnant une force, un courage, et une détermination toute nouvelle. Une chaleur intense m'enflamma de la tête aux pieds, avant de refluer doucement mais tout en restant présente au fond de mon être.

> — Luna, soufflai-je, certain que ce changement venait d'elle.

Ethan me dévisagea avec des yeux immenses, mais fut interrompu par son portable qui se mit à sonner sans s'arrêter, avant même d'avoir pu ouvrir la bouche. Je continuai à le fixer alors qu'il répondit successivement aux appels de nos camarades, qui venaient apparemment de vivre la même expérience intérieure que nous. Quand il eut fini, il était revenu de sa surprise et me regarda avec un immense respect, à la fois émerveillé et attendri par l'action de mon âme sœur.

> — L'autre jour, Luna nous a dit qu'elle avait une connexion avec nous, que la protection qu'elle avait installée sur la propriété semblait également s'être étendue aux personnes qu'elle aimait. Elle vient de nous insuffler un peu de sa force par ce lien, n'est-ce pas ? me demanda-t-il plus comme une affirmation que comme une question.
> — Je ne comprends pas exactement ce qu'il vient de se passer ou comment l'expliquer, mais je

pense qu'elle tient énormément à nous tous et qu'elle veut nous protéger par tous les moyens, confirmai-je en esquissant un sourire tendre.

Chapitre 25

Asher

Malgré le bouleversement que nous venions de vivre grâce à ma magnifique compagne, nous nous concentrâmes de nouveau sur l'urgence du moment. J'étais toujours inquiet pour Luna mais depuis que je sentais cette chaleur constante en moi, une partie de cette inquiétude s'était un peu apaisée.

Je reportai donc mon attention sur l'arrivée de mon géniteur devant notre portail. Je plissai les yeux en étudiant cet homme que je n'avais pas revu depuis mes quinze ans. Comme à son habitude, il portait un costume impeccable, ainsi que son air arrogant qui ne le quittait jamais. La vieillesse ne l'avait pas épargné, même s'il gardait une posture droite et une silhouette soignée. Un rire ironique me secoua en avisant les hommes qui l'entouraient. Je constatai qu'il n'avait absolument pas changé dans le fond, qu'il était toujours aussi lâche et dégonflé, se cachant toujours derrière les autres pour ne pas être en ligne de mire.

Je croisai les bras sur ma poitrine en attendant d'entendre ce qu'il avait à nous dire, alors qu'il s'arrêtait fièrement à quelques mètres de là.

> — Rends-toi immédiatement et il ne sera fait aucun mal aux membres de ta Meute, m'ordonna-t-il d'un air hautain.
> — Et pourquoi ferais-je une chose pareille ? lui demandai-je en haussant un sourcil interrogateur.
> — Parce que vous n'avez aucune chance, cracha-t-il comme si ça coulait de source. Tu ne mérites pas ce territoire et encore moins ta place d'Alpha. Je viens remédier à ce problème. Ton frère fera un bien meilleur chef de Meute que tu ne l'as jamais été pour cette région et ses habitants.

Je me tournai vers mon meilleur ami qui explosa de rire à cette déclaration. Même moi, je ne pus m'empêcher de pouffer face à cette énormité. Au moins maintenant, nous connaissions ses véritables motivations. Outre le fait qu'il voulait me faire souffrir, voir me tuer, il voulait que Jason parte de sa Meute pour une raison encore inconnue, en récupérant au passage tout ce que j'avais mis tant d'années à construire.

> — Bah alors, le fils adoré n'est pas assez bien pour reprendre un jour les rênes de ta Meute ? lui lançai-je avec un grand sourire narquois.
> — Il a toutes les capacités pour prendre ma relève, seulement nous n'avons pas tout à fait la même vision des choses, répliqua-t-il

immédiatement, offusqué par notre comportement. Assez parlé maintenant. Mes hommes s'introduisent sur ta propriété en ce moment-même, alors si tu ne veux pas qu'il y ait un carnage, rends-toi tout de suite.

— Oh, c'est vraiment très intéressant tout ça, mais on est déjà au courant pour l'intrusion de tes larbins sur nos terres. On leur a réservé quelques petites surprises et s'ils en réchappent, mes camarades se feront une joie de les accueillir, l'informai-je calmement.

Je le vis instantanément perdre de son assurance, alors que les hommes autour de lui commençaient à s'agiter nerveusement.

— Vous ne ferez pas le poids, affirma-t-il comme s'il essayait plutôt de s'en convaincre lui-même. De plus, j'ai un atout non négligeable que tu devrais prendre en compte, déclara-t-il satisfait, en reprenant un peu d'aplomb. Nous détenons ta compagne, ajouta-t-il en constatant notre manque de réaction.

— Nous le savons également, et je ne suis pas inquiet. Elle s'en sortira très bien toute seule, lui affirmai-je en prenant sur moi de ne pas lui montrer que je n'en pensais pas un mot. Je commence sérieusement à m'impatienter. Pourquoi tu ne me défies pas une bonne fois pour toute afin de mettre un terme à cette comédie ?

— Il est hors de question que je me salisse les mains pour un moins que rien, me cracha-t-il.

Dites à vos hommes de les massacrer, ordonna-t-il à un de ses gardes.

— Enfin un peu d'action, se réjouit mon Bêta, en se plaçant à mes côtés pour faire front ensemble.

Dans mon champ de vision, je vis des tigres, ainsi que des loups, sortir de part et d'autre des fourrés environnants, pour s'approcher de l'enceinte de notre territoire. Puis, l'assaut fut donné et le chaos se fit rapidement tout autour de nous. Du coin de l'œil, je ne fus pas surpris de voir Warren battre en retraite, se postant un peu plus loin pour observer la bataille, sans être trop près pour ne pas prendre part aux festivités. Je savais au plus profond de moi, qu'il ne fallait en aucun cas qu'il n'en réchappe, pas cette fois. Je devais mettre un terme définitif à cette histoire. Et une chose était sûre, je n'hésiterai pas à le tuer de mes propres mains pour protéger les miens et notre avenir.

Aïko était en pleine frénésie, égorgeant et éventrant tous les ennemis qui se présentaient devant lui. Il ne laissait passer aucune proie. La moitié de nos adversaires s'étaient condamnés tout seul en se jetant sur notre clôture à haut voltage, s'électrocutant instantanément, alors que les autres avaient réussi à créer une ouverture par le portail qu'ils avaient défoncé. Tout comme le Loup d'Ethan, Aïko était sanguinaire et défendait son territoire sans aucune pitié. Cependant, au bout de quelques minutes de combat acharné, l'air tout autour de nous se réchauffa subitement, tandis qu'une odeur de feu satura nos narines à en devenir suffocant. Tout le monde se figea d'un même mouvement lorsqu'un éclair de feu venu du ciel, chuta à une vitesse folle pour s'écraser au sol dans un grondement sourd, juste entre le Loup d'Ethan et le mien. La terre sous nos pattes se mit à vibrer un instant, avant que nous puissions voir ce que nous avions devant nos yeux. Je repris immédiatement forme humaine en fixant l'apparition irréelle qui était à moins de deux mètres de moi. Ethan m'avait imité et se tenait lui-aussi, debout à l'observer avec émerveillement. Ma compagne se tenait debout devant nous dans une forme inconnue. Elle était nue, uniquement recouverte de flammes des pieds jusqu'à la pointe de ses cheveux. On ne voyait plus aucune parcelle de peau. Cela créait un halo de lumière flamboyant, tandis qu'une chaleur extrême se dégageait de tout son être. La vue de cette magnifique déesse de feu fut encore plus époustouflante, lorsqu'elle déploya ses grandes ailles enflammées qui prenaient naissance au niveau de ses omoplates, alors qu'une espèce de cape invisible parée de flammes s'y rattachée pour descendre jusque sur le sol pour former une traîne. En observant les alentours, je vis sans surprise que plusieurs de nos ennemis avaient eux-aussi repris forme humaine, alors que Warren, lui, se frayait un chemin pour nous rejoindre.

— Mais qu'elle est cette créature ? demanda-t-il immédiatement en s'arrêtant à quelques mètres de nous, alors que je constatai avec colère un éclair d'envie et sa fascination évidente.

— Père, je vous présente mon âme sœur et compagne, Luna, lui annonçai-je avec un sourire au coin des lèvres en voyant le choc s'inscrire sur son visage, tout en me rapprochant de ma femelle.

— C'est impossible, souffla-t-il avant de reculer de plusieurs pas, pour fuir le danger imminent qui allait s'abattre sur lui.

Nos ennemis firent de même et commencèrent à s'agiter pour battre en retraite, loin de la menace. Toutefois, Destiny en décida autrement et leva doucement ses mains comme pour soulever un objet de terre jusqu'à hauteur de sa poitrine. Un mur de feu s'éleva instantanément sur notre clôture et couru le long de celle-ci, à droite comme à gauche certainement pour faire tout le tour de la propriété, pour empêcher toute fuite éventuelle. Mon géniteur se mit à courir dans tous les sens pour essayer de trouver une sortie, mais il fut stoppé quand ma femelle leva un doigt pour décrire un cercle dans l'air avec, créant ainsi un cercle de feu autour de celui-ci qui se retrouva prisonnier. Puis, elle écarta ses bras en croix, la paume des mains vers le ciel.

— Vous avez attaqué les miens et mon territoire. Vous allez tous mourir pour cet affront, annonça-t-elle d'une voix métallique inhumaine et furieuse.

Aussitôt dit, aussitôt fait, je ne pus que regarder, ébahi et sans voix, tous nos ennemis prendre feu les uns après les autres, jusqu'à ce qu'il n'y en ait plus aucun. Même les cadavres des bêtes déjà mortes disparurent comme par magie, ne laissant plus que des cendres derrière eux, qu'un souffle chaud balaya pour les disperser au loin.

> — Bon sang, s'exclama Ethan en clignant plusieurs fois des yeux, regardant partout autour de lui, halluciné.

Je devais bien m'avouer que j'en étais au même point. Excepté Warren, qui était encore en vie dans sa prison de flammes, il n'y avait plus personne à part nous, et les membres de notre Meute qui nous rejoignirent peu à peu. Mes camarades se regroupèrent devant nous, avec une expression de surprise et de fascination. Destiny les observa un instant avant de prendre la parole.

> — Vous ne devez jamais parler de moi à quiconque, dit-elle de sa voix métallique. Vous nous avez accepté et accueilli, et pour cela vous aurez toujours notre reconnaissance éternelle et notre protection. Prenez-bien soin de votre Luna, nous demanda-t-elle avant de se tourner vers moi. Elle peut-être si forte et si fragile à la fois. Elle a besoin de vous et surtout de toi, ajouta-t-elle en me transperçant de son regard énigmatique, en effleurant doucement ma joue de ses doigts en feu sans me brûler.

Puis, en un battement de cils, l'air autour de nous changea brusquement pour revenir à la normale. J'eus juste le temps de rattraper ma femelle, quand Destiny se retira complètement et que Luna reprit son apparence humaine. Elle s'évanouit immédiatement dans mes bras, alors que sa peau luisait de milliers d'étincelles dorées. Je la serrai fort contre moi en enfouissant mon visage dans son cou et ses cheveux pour m'imprégner de son odeur. Je me sentais enfin rassuré et ne voulais plus jamais la lâcher, après avoir eu si peur pour elle.

— Va t'occuper de ta compagne, Asher. On va s'occuper du reste, me proposa mon meilleur ami en regardant tendrement ma compagne nichée dans mes bras.

— Warren ? lui demandai-je en ayant oublié ce problème.

— On va le conduire dans le cabanon pour que tu t'en occupes plus tard.

— Ok. On se retrouve plus tard, déclarai-je en me dirigeant vers mon chalet, sans avoir manqué le regard bienveillant de mes amis, avant de m'être détourné.

Luna

Je m'éveillai dans un cocon chaud et rassurant, entourée par la douce odeur de mon âme sœur. Je respirai à pleins poumons et me collai plus étroitement contre lui alors que les derniers évènements, que je voulais désespérément oublier, me revenaient en mémoire. Je me souvenais de chaque détail, de mes actes, même quand Destiny avait entièrement pris le contrôle, j'étais restée consciente de tout ce qui se passait.

— C'est fini, ma chérie, intervint Asher, en resserrant ses bras autour de mon corps, en ressentant certainement mon malaise évident.

Je me retournai dans ses bras, pour lui faire face et plongeai mon regard dans le sien.

— Est-ce que ça va ? lui demandai-je d'une voix hésitante, ne sachant pas vraiment ce qu'il pensait de moi en cet instant, et surtout après ce que j'avais fait.
— Bien sûr. Pourquoi ça n'irait pas ? me demanda-t-il surpris.
— À cause de ce que j'ai fait et des actions de Destiny, chuchotai-je mal à l'aise.

— Eh ma belle, tu ne dois pas te sentir responsable de quoi que ce soit. Tu as fait tout ce qu'il fallait pour protéger les tiens, me réconforta-t-il aussitôt. Je t'aime tellement si tu savais, je ne veux plus jamais être séparé de toi ainsi. Tu m'entends ?

— Moi aussi, je t'aime. Plus jamais, lui répondis-je avec émotion, et les larmes aux yeux.

Je m'agrippai désespérément à sa nuque et l'embrassai comme si ma vie en dépendait, mettant tout ce que je ressentais dans ce baiser intense.

— J'ai besoin de toi, lui dis-je haletante entre deux baisers passionnés. Prends-moi, s'il te plaît, tout de suite, le suppliai-je en ressentant le besoin immédiat de le sentir au plus profond de mon âme.

— Toujours, ma chérie.

Il nous fit basculer pour se retrouver au-dessus de moi. Sa bouche quitta mes lèvres gonflées par ses baisers pour descendre plus bas dans mon cou. Elle traça un chemin brûlant, naviguant sur ma poitrine, aspirant vivement un de mes tétons puis l'autre, me faisant haleter et gémir doucement. Toutefois, je n'avais pas envie de ces irrésistibles préliminaires. Je voulais qu'il me prenne vite et fort. Sentir sa verge épaisse me pénétrer de tout son long dans cet endroit réservé qu'à lui et à jamais.

— Je te veux en moi. Maintenant, lui ordonnai-je.

Il dut comprendre que j'en avais vraiment besoin, puisqu'il se redressa et fondit de nouveau sur ma bouche, alors qu'une de ses mains glissa le long de mon ventre jusqu'entre mes cuisses ouvertes. Ses doigts s'attardèrent sur ma petite boule de plaisir sensible, avant de glisser aisément dans mon sexe trempé par mon excitation. Voyant que j'étais plus que prête à l'accueillir, il se plaça au-dessus de moi et attrapa son érection massive pour l'aligner à l'entrée de mon antre. D'une seule poussée, il entra en moi jusqu'à la garde, me faisant crier de plaisir et de douleur mêlés. Il me donna de puissants coups de reins avant de s'arrêter brusquement et de me retourner d'un coup sur le matelas. Ses mains attrapèrent rapidement mes hanches pour relever mon bassin, puis, il s'enfonça de nouveau en moi en me tenant fermement. Il me prit avec force, exactement comme j'en avais besoin, alors que cette position augmentait les sensations qu'il me donnait à chaque poussée. Je me relevai sur les coudes, tandis que je n'en finissais plus de gémir. Une de ses mains s'insinua entre mes cuisses pour masser mon clitoris. Il se pencha sur moi pour embrasser sa marque dans le creux de mon cou. Il ne m'en fallut pas plus. Une immense vague de plaisir intense m'emporta, me faisant hurler son nom lorsqu'il me mordit profondément, tandis que mes parois intimes se resserraient automatiquement autour de son sexe dur. Après quelques coups de rein supplémentaires, il me rejoignit dans l'extase du moment, en grognant mon nom plusieurs fois de suite. Nous nous écroulâmes ensuite tous les deux sur le lit, en sueur et à bout de souffle. Je ne m'étais jamais sentie aussi aimée, repue et heureuse.

« *Je t'aime, mon amour* », lui susurrai-je tendrement par notre lien télépathique, quand il me prit dans ses bras pour me câliner.

Épilogue

Quelques mois plus tard …

Asher

Si on m'avait dit, quelques années en arrière, que je trouverais mon âme sœur, que je m'unirais avec, et que je deviendrais le plus heureux des hommes grâce à elle, il était certain que je ne l'aurais jamais cru. Mais c'était indéniable, la relation que je partageais avec Luna était tout simplement exceptionnelle. Elle me comblait de joie au quotidien. Luna était vite devenue le centre de mon univers, et je ne le regrettais pas un seul instant. Elle avait bouleversé ma vie de bien des manières, sans retour en arrière possible. Elle m'avait fait découvrir l'amour et la véritable passion. Et même après tout ce temps passé ensemble, je ne me lassais pas de nous, et j'avais la certitude que je ne le pourrais jamais. Elle avait incontestablement trouvé sa place parmi nous, mais également dans le cœur de toute notre Meute. Et elle le leur rendait bien, en étant toujours à l'écoute et aux petits soins des uns et des autres. D'ailleurs, depuis l'attaque, elle avait abandonné son poste au bar pour venir travailler avec moi à la villa, en prenant en charge plusieurs responsabilités au sein de la Meute. Son enlèvement m'avait beaucoup ébranlé et j'avais refusé de la savoir travailler de nouveau là-bas. Mais étonnamment, elle ne s'y était pas opposée non plus. Même si elle ne m'en avait rien dit, je savais que cet évènement l'avait véritablement marqué. J'avais bien essayé d'en apprendre plus sur sa captivité, mais elle s'était aussitôt refermée sur elle-même, ne désirant plus en parler. Je n'avais donc pas insisté, me permettant simplement de la soutenir, et d'être présent pour elle si elle en avait besoin. Elle m'avait tout de même confié que son passé avait refait surface et qu'elle était encore en danger. Donc, après avoir réglé définitivement le problème de mon père, mes Lieutenants et moi étions allés mettre un terme au cas de cet Alpha et de son Bêta, pour écarter toutes nouvelles menaces. Luna en avait été extrêmement soulagée et reconnaissante envers nous. Maintenant, j'attendais patiemment de voir ce que le destin allait nous offrir à nous, mais aussi à nos camarades de Meute, en appréciant chaque instants partagés ensembles.

Luna

Heureuse. C'était le mot qui me définissait le mieux depuis un bon moment. J'étais tout simplement heureuse dans ma relation avec Asher, mais aussi dans ma relation avec les membres de notre Meute. Tous les doutes et les peurs qui m'avaient étouffé à mon arrivée ici, ainsi qu'au début de mon union, s'étaient définitivement évanouis, à présent. Pour la première fois de ma vie, je me sentais enfin entière, aimée et entourée par une véritable famille. Je n'en oubliais par pour autant ma tribu de cœur, qui ne pouvait malheureusement pas être présente pour partager ces moments de bonheur dans ma vie. Néanmoins, j'espérais que de là où ils étaient, ils pouvaient me voir et qu'ils étaient fiers du chemin que j'avais parcouru jusqu'ici. En tout cas, ils resteront toujours dans mon cœur, tout comme ma nouvelle famille. Je m'étais également beaucoup rapprochée d'Aaron et Lenny, que je considérais véritablement comme des grands frères. Nous avions un lien spécial tous les trois, surtout que nous avions grandi dans le même enfer. Il était vrai que la relation fusionnelle, qui existait entre ces deux-là, était assez étrange, mais au fond de moi, j'étais persuadée que le destin leur réservait une bonne surprise. Ils le méritaient tous les deux. Je devais avouer que le bonheur que je partageais avec mon compagnon, me poussait à espérer la même chose pour mes camarades de Meute encore célibataires. Mais au fond de moi-même, je ne m'inquiétais pas. J'avais la certitude que chacun trouverait son autre moitié. Je sentais que le destin nous réservait encore bien des surprises, que j'avais hâte de découvrir.

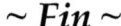

~ *Fin* ~

Biographie

Depuis son plus jeune âge, Fanny Cameron s'invente ses propres histoires. Elle imagine des romances et des aventures. Lectrice passionnée depuis de nombreuses années, elle décide de franchir le pas en mettant de côté son manque de confiance en elle, pour enfin accéder à son rêve. Elle consacre son temps à sa vie de maman, mais maintenant, elle s'épanouit aussi dans son projet d'écriture.

Remerciements

J'aimerais remercier mes lecteurs qui ont pris le temps de découvrir mon livre et mon univers. J'espère sincèrement que mon histoire vous a plu et qu'il vous donnera envie de lire mes prochaines aventures.
Merci à vous et à bientôt.